Gandhi'siz Hindistan

Hey Ram'dan Ram Rajya'ya-Vatan, Vardi, Zameer ile bu serap mucizesi ulusu yapan şeyin ne olduğunu anlamak

Translated to Turkish from the English version of India without Gandhi

Mitrajit Biswas

Ukiyoto Publishing

Tüm küresel yayın hakları aşağıdakilere aittir:

Ukiyoto Publishing

2024 yılında yayınlandı

İçerik Telif Hakkı © Mitrajit Biswas

ISBN 9789364945226

Tüm hakları saklıdır.

Bu yayının hiçbir bölümü, yayıncının önceden izni olmaksızın elektronik, mekanik, fotokopi, kayıt veya başka herhangi bir yolla çoğaltılamaz, iletilemez veya bir erişim sisteminde saklanamaz.

Yazarın manevi hakları ileri sürülmüştür.

Bu kitap, yayıncının önceden izni olmaksızın, ticari veya başka bir şekilde ödünç verilemez, yeniden satılamaz, kiralanamaz veya başka bir şekilde dağıtılamaz, yayınlandığı konu dışında herhangi bir ciltleme veya kapak şeklinde satılmaktadır.

www.ukiyoto.com

İskender, imparatorluğunun genişlemesi için alt kıtada bulunduğu bilinen ilk yabancı olan generali Selevkos Nikator'a "*Gerçekten Seleukos, burası çok garip bir ülke*" dedi.

Dwijendralal Ray'in 1911 tarihli tarihi oyunu Chandragupta'dan

İçeriği

Bölüm 1: Feodal Bir Toplum ve Ulus İnşası   1
Hafıza Şeridinde Bir Yolculuk   2
İki fikrin bir araya gelmesi, iki farklı renkle birleşti.   5
Cinnah'tan Tilak üzerinden Gandhi'ye, Hindu kimliği, Jan Sangh, RSS ve
Ram Rajya arasında köprü kuran Golwalkar ve Savarkar- bölüm 1.   8
Cinnah'tan Gandhi'ye Tilak üzerinden Hindu kimliği, Jan Sangh, RSS ve
Ram Rajya arasında köprü kuran Golwalkar ve Savarkar- bölüm 2.   12
Hindistan siyasetinin yerel, bölgesel ve ulusal düzeydeki ekonomileri:
Politico Economus   17
Hindistan'ı mı yoksa Bharat'ı mı duyuyorsunuz?   20
Bölüm 2: Anlatılar Oluşturma ve Toplumsal Ölçütü Belirleme.   24
Hikayenin anlatılma şeklini değiştirin; Kimin ya da kimin için olduğu
önemli değil?   25
Değişen zamanlarda iletişim yoluyla toplum üzerindeki etki   27
Hitler ve Stalin'in Ortasında: Yeni bir Hindistan için Trump ve Putin'in
Ötesinde   30
Değişim olun, eskiyi süpürün ve şunun yolunu açın: Özgürlüğümüz ve
kendi kendimizi yönetmemiz için kan dökenlerin hayallerinden ayrıldık
mı?   33
Gandhi ekonomisi, kırsal desi'den yeni sanayileşmiş ülkeye ve milyarder
raj   36
Hey Ram'dan Ram Rajya'ya kadar Hindistan'ın IPL (Hindistan Siyasi
Birliği)   39
Bölüm 3: Daha iyi bir gelecek umuduyla geçmişin bugünle buluştuğu
Hindistan'ın Yapbozu ve Bilmecesi.   42
Mitoloji, Efsaneler ve Hint sosyo-politik ikilemi   43
Hindistan, Vini, Vidi, Vici?!: Sportif ve kültürel zafer için avlanmak.   45
Ek Bharat, Shrestha Bharat: Tek Tip Medeni Kanun için Tek Millet-Bir
Seçim, Hindistan'ın "Birlik İçinde Çeşitlilik" kavramı basitleştiriliyor mu?
                                                                             48
Bölüm 4: Demokrasinin Dansı mı?   52

Dördüncü sütun medya ya da kanguru gibi görünen bir demokraside sirk kırbacı taşıyıcısı olmak: Gıda güvenliği, demokrasi ya da medya özgürlüğü endeksi neden aşağı doğru kayıyoruz? 53

Nepotizm kayaları bazılarına göre, daha sonra yetenek veya meritokrasi, peki Hindistan'da demokrasi nereye geliyor? 56

Bir yapboz ülkesinin ulusunu yönetmenin mucizesi 58

1.4 milyardan fazla insan, burada büyüklük önemlidir! iyi kalite çok değil mi? Eşitlikçi büyüme ve kalkınma için 3P+C (yoksulluk, kirlilik ve nüfus artı yolsuzluk) bilmecesi nasıl çözülür? 61

Birkaç kişinin cesareti sayesinde inekler diyarından uzaya ulaştık ve teknokratik dünyada bundan sonra nereye gidiyoruz? 64

Gençlik odaklı bir başlangıç ülkesi olmak istiyoruz ama onlar için yeterince şey yapıyor muyuz? 66

Roti, kapda, makaan (Yiyecek, Giyecek, Barınak) evrensel sağlık ve eğitimle hala Dharam, Jati ve Deshbhakti'nin (Din, Kast ve Milliyetçilik) arkasında Watan, Vardi ve Zameer (Ulus, Üniforma ve Vicdan) için 69

Son 72

Bölüm 1: Feodal Bir Toplum ve Ulus İnşası

Hafıza Şeridinde Bir Yolculuk

Buna sahip olduğum bazı kişisel anılarla başlayalım. Yıllar boyunca birkaç yabancı arkadaş ve misafirle tanıştım. Bazıları, tüm Kızılderililerin sizin gibi küçük olduğu gibi ifadelerden bahsetti (bana atıfta bulunarak, kısa boylu bir adam). Bazıları bana neden Hintçe konuşmadığımızı ve burada nasıl bu kadar çok farklı kültür olduğunu sordu. Hindistan dışından diğer bazı arkadaşlar tarafından gerçekten takdir edilen gerçek. Hindistan hakkında yazılmış, yazılmakta olan ve gelecekte de yazılacak olan birçok kitap var. Bugün hala diğer isimleri etrafında tartışmalar yaşayan Hindistan ülkesinin doğası, en önemlisi, yalnızca bazılarının tanımlayabileceği, anlayabileceği ve analiz edebileceği değişikliklerden geçmiştir. Dürüstçe itiraf edebilirim ki ikisini de yapamıyorum. Bununla birlikte, Hindistan'ı anlama fikri, batı merceğinin birleşik bir perspektifinden bakıldığında anlaşılmazdır. Hindistan, birçok eserde bilim adamları tarafından örneklenen bilinçte [1]her zaman oradaydı. Bununla birlikte, kültürel çeşitliliğin nüansları her zaman farklı açılardan anlaşılabilecek bir soru olmuştur, ancak kültürel resmin tamamı olmayabilir. Hindistan'ın tek bir ulus olarak kabul edilmeme sorunu, elbette sömürgeci bir hayal olduğu artık iyice çürütüldü. Bölünmeden sonra iyi ya da kötü tanımlanmış bir sınırın unsuru, *Rabindranath Tagore* tarafından bestelenen ve *Kral V*[2]. George'un ziyareti için yazıldığı için tartışmalardan payını alan bir milli marş, kesin olarak kanıtlanamayan bir iddia, mevcut haliyle kabul edilmeden önce tasarımını değiştiren bir ulusal bayrak. Bununla birlikte, Hindistan fikri, nasıl olduğu, ne olduğu ve en önemlisi ne olabileceği konusunda birçok kişi tarafından zaten ele alındı. Evet, sömürge sonrası bir ulus fikri Hindistan'dan bahsediliyor, ancak Hindistan'ın kökenlerinin izini sürersek, her şey Hindistan alt kıtasına sahip olan süper kıta Gondwana topraklarının zamanlarına kadar uzanıyor. Alt kıta bugün dini farklılıklar, kültürel farklılıklar, dilsel çeşitlilik ve etnik düşüncelerle kesişebilir, ancak alt kıtayı birbirine bağlayan bazı şeyler vardır, bu da yüzyıllar boyunca günümüze kadar

---

[1] *Jawaharlal Nehru, 1946, Hindistan'ın Keşfi, s. 37, Oxford.*
[2] *Hindistan'ın milli marşı İngilizleri övüyor mu? - BBC Haberleri*

sürülen ve gelecekte de pekala devam edebilecek siyasi kilometredir. Bugün alt kıtanın dolambaçlı ideolojilerine bakma kavramı, her şeyin başladığı köklere kadar uzanabilir. Hindistan, Homo Sapiens'in gelişine kadar evrim aşamasından sonra bakıldığında, birkaç yıl sonra taştan demire kadar evrimleşti ve bu daha sonra bilgi ve medeniyete yol açtı. Siyasal toplumun, toplumun daha önceki evrimlerinin bir yan ürünü olduğu iyi belgelenmiş bir gerçektir. İndus Vadisi'nin Dravid uygarlığından daha eski olup olmadığı tartışması ara sıra[3] geri gelmeye devam ediyor. Bununla birlikte, şimdi bugün Hindistan'ın siyasi toplumunun kadranlarına atlayalım ve geçmiş tarafından nasıl şekillendirildiğine, bugün nasıl geliştiğine, ancak gelecekte neyin ileriye bakılabileceğini asla bilemeyiz. Bu fikir, modern formda Hindistan'ın geçmişin önemli bağlantılarına sahip olduğu ve gelecekte de olabileceği yerdir. Hindistan siyasi sistemi bugün feodalizm ve sömürgecilikten kalan bir sistem olarak gelişmiştir. Hindistan siyasetinin kökenlerine bakarsak, diğer birçok ülke için olduğu gibi hiçbir zaman doğrusal bir mesele olmamıştır. Hint siyaseti fikri, İndus Vadisi ve Dravid uygarlığının başlangıcından beri ön saflarda yer almıştı. Toplanan eserler formundaki Hint siyasi düşüncesinin kökenlerinin Chanakya Kautilya'ya ve Artha shastra olarak bilinen eserine atfedilmesi gerektiğini herkes bilir. [4]Her ülkedeki her siyasi sistem her zaman toplum etrafında inşa edilmek zorunda kalmıştır ve toplum siyaseti inşa eder. *Maurya'lar, Gupta'lar, Cholas'lar, Delhi Sultanlığı, Marathalar, Rajput'lar, Vijayanagar imparatorluğu ve Babürler* ile başlayan katı terimlerle olmasa bile, Hint kökenli sekiz büyük İMPARATORLUK, [5]İngilizlerin sömürgeci teklifleriyle şekillendirildi ve süpürüldü. Şimdi burada durdurulabilir ve düzeltilebilirim çünkü Rajput'un ve Delhi Sultanlığı sürekli ve birleşik bir imparatorluk değildi, ancak darbelerin az ya da çok ortak yönleri vardı, sessiz suikastlar feodal bir sistemle daha geniş anlamda hanedan imparatorlukları olarak devam etmişti. Toprakları denetlemek için feodal vasallara sahip olan gücün başındaki Kral veya İmparator, batı siyasi sistem biçimi Hindistan'a gelene kadar çok büyük değişiklikler yapmayan sistemdi. Avrupa siyasi düşüncesi fikri, siyasi

---

[3] *İndus Uygarlığında Atalardan Kalma Dravid dilleri: Ultra korunmuş Dravid diş kelimesi, derin dilsel ataları ortaya çıkarır ve genetiği destekler* | İnsan ve Toplum Bilimleri İletişimi (nature.com)

[4] *MUSE Projesi - Kautilya'nın Eski Hindistan'da Savaş ve Diplomasi Üzerine Arthasastra'sı (jhu.edu)*
[5] *Hindistan'ın Tüm Zamanların En Büyük Beş İmparatorluğu* | Ulusal Çıkar

gelişimin son aşamalarında pastanın üzerindeki kremaydı. Ancak, zaten iyi bilinen şeyler için kelimeleri boşa harcamak istemiyorum. Asıl soru, bugünün Hint siyasi sisteminin nasıl feodalizm temelli demokrasinin melezi haline geldiğidir. Küresel bir fenomen olan ve Hindistan'daki en büyük imparatorluklar veya hanedanlar çalışırken kullanılan feodalizm fikrinden daha önce bahsedilmişti. *Jared Diamond'ın* önemli kitabı **"Silahlar, Mikroplar ve Çelik",** batının sanayi devriminin önemini ve batı toplumu üzerindeki muazzam etkilerini, özellikle de monarşi kalmasına rağmen feodal sistemin ortadan kaldırılmasını ve batı dünyasına gerçekten yeni bir demokrasi duygusunun dokunmaya başladığını vurgulamaktadır. Halkın gücü, kapitalizm temelli topluma sıkı sıkıya bağlıydı, bu da seçkin sanayicilere fayda sağlasa da, aynı zamanda kitleleri yeni bir girişimcilik ve iş zekası olanakları dalgasına açtı. Bu nedenle, yukarıda bahsedilen kitap, toplumun siyasi temellerini de etkileyen bir kuantum sıçramasında bilim ve teknolojideki yeniliklerin büyük ölçüde önemini kesinlikle vurguladı. Seçilmiş ve seçilmemiş geleneksel bakanlar kurulunu ya da ölüm çanını çalan hiyerarşik feodalizm modelini havaya uçuran bir paradigma değişiminin tüm geniş dünyası fikrini asla göz ardı edemeyiz. Bununla birlikte, Hindistan'da o kadar çok farklı sistemin bir karışımı vardı ki, yerli ve batı sistemini düzgün ve dar kutulara net bir şekilde ayırmaya başlayamazsınız. Bunlar daha ziyade, birleşmelerine rağmen kendi kimliklerini korumak için hala farklı renklere sahip olan nehir suları gibi iki düşünceli sürecin birleşmesidir. Hindistan, Hindistan'ın kuzeyinde ve güneyinde, hatta Hindistan'ın doğusunda ve batısında ortaya çıkan ve gelişen asırlık medeniyetine inanırdı ve bu da bu ulusu bugünkü haline getirdi. Kan kaybetti ve yaralandı, ancak bu savunmasız ulusu hayatta tutan, yerini belirleyen bu ulusun asla azalmayan harika niteliği olabilir.

İki fikrin bir araya gelmesi, iki farklı renkle birleşti.

Hint siyasi sisteminin sömürge ve feodal sistemden arta kaldığı iyi belgelenmiştir. İrlanda sisteminden alındığı iddia edilen Hindistan Ceza Kanunu'ndaki son değişiklikler, 150 yıldan fazla bir süre sonra değiştirildi. Ancak, yeni düzenlemede bölümler yalnızca önceki bölümden diğer bölümlere aktarıldığı için değişiklik kozmetiktir. Mevcut haliyle polis sistemi bile, daha geniş bir bağlamda kast temelli hiyerarşiye hitap eden sömürge ve feodal sistem melezini keskin bir şekilde hatırlatıyor. Şimdi siyasi sisteme geri dönersek, dünyanın en büyük demokrasisi olan Hindistan hala temsil sorunundan muzdariptir ve oylama mekanizmasının nasıl çalıştığı, demokrasimizin muhtemelen başladığı ve bittiği yerdir. Şimdi, Hindistan'da olduğu gibi birçok ülkede olduğu gibi, siyasi sistemin eleştirisi ve topluma bir ayna olması beklenen medya sorununa geri döneyim. Bu nedenle, siyaset sorunu, seçim oylarının yeni etki normu haline geldiği modern zamanlarda zamindarların kendi kendini yönetme tarzına daha çok benziyor. Kırsal alanlardaki seçim sistemi, zamindarların veya sözde feodal beylerin ya da belki de kralların yerini, güç siyaseti alanında da güçlü adamlar ve kadınlar atayan siyasi sistemin aldığı orta yaş sendromlarına dayalı olarak işliyor gibi görünüyor. Devlet, dayatılacak güç dinamikleri için araç, daha doğrusu kolaylaştırıcı ve işbirlikçi faktör olarak hareket eder. Bu, indirgemeci ve genelleştirilmiş olduğu için eleştirilebilir, ancak bir tutam tuzla ve hatta önyargılılık bağlamıyla ele alındığında, Hindistan demokrasisinin en gerçek biçimiyle temsil sorunu söz konusu olduğunda hala yetersiz kaldığı doğrudur. Temsili demokrasi kelimesi, dünyanın en büyük demokrasisi olan Hindistan'da gerçekten de öyledir. Batı'da da faşizmin başlangıcından neo faşizmin batı dünyasında biraz farklı bir şekilde yükselişine kadar çeşitli demokrasi eleştirileri yapıldı. Övünmesine rağmen tartışma ve müzakereye dayalı doğulu bir demokrasi geleneğine sahip olan Hindistan'a geri dönmek, daha geniş bir bağlamda[6] bir demokrasinin kabuğu gibi geliyor. Genellikle sığır

---

[6] *The Wire: The Wire News Hindistan, Son Haberler, Hindistan'dan Haberler, Siyaset, Dış İlişkiler, Bilim, Ekonomi, Cinsiyet ve Kültür*

sınıfı adıyla anılan orta sınıf, demokrasinin sağlığını pek önemsemeyen, bunun yerine **"Görünmez El Teorisi"** ilkesi üzerinde çalışan, kendileri için çalışan, topluma ve daha geniş topluluğa fayda sağlayabilecek şekilde damlama etkisi olan bir sınıftır. Geçmiş yıllardan beri Hint siyaseti, en azından daha geniş anlamda krala ve onun bakanlar kuruluna bağlı olan yerel yönetimin koordinasyonunun doruk noktası olmuştur. *İndus Vadisi Uygarlığı* döneminde de siyasetin dinamikleri bir avuç konsey üyesine bağlıydı. Bugünkü formuna evrilen alt kıta siyaseti, krallar ve bakanlar meclisi ya da dini farklılıklara rağmen yaşlı ya da bilge sayılan insanlardan oluşan bir meclis açısından bazı ortak unsurlara sahip olmuştur. Hindistan artık daha önce de belirttiğim gibi feodal ve sömürgeci siyasetin melez bir modelidir. Bu tür bir modelle ilgili sorun, yargı, mahkeme, polis gücü ve hatta bürokrasi gibi hükümet kurumlarının da sömürge kalıntısı olduğu yerlerde defalarca görülmüştür. Hindistan'ın demokrasiye doğru attığı adımlar bir inanç gösterisiyle değil, kademeli bir süreçtir. Hindistan, bugün Avrupa'da [7] Vestfalya demokrasisinin nasıl olduğuna dair fikirlere pek uygun olmayabilecek demokrasi fikirlerine sahipti. Yine de, Hindistan demokrasisi veya siyasi sistem kavramı, Hindistan'da Afrika'daki kadar olmasa da daha az belirgin olmayan çeşitlilik fikirlerini büyük ölçüde yansıtmak içindir. İşte bu noktada, Hindistan demokrasisi, kökenlerini binlerce yıllık değişim ve evrimden geçen ulusun yolculuğundan geçiren bir mozaik gibidir. Hindistan, kültürler, kan ve çatışmalarla karışan dönem boyunca adımlar atmıştı ve yine de Hindistan bugün daha çok kaleydoskopik veya mozaik benzeri farklı kültürlerin bir doruk noktası gibi duruyor. Baskın olduğu söylenebilecek kesin bir desen veya renk yoktur, ancak tasarımların ve farklı desenlerin renklerinin karışımı, Hindistan'ı mevcut haliyle temsil eden şeydir. Erken *Vedik dönem* ya da *İndus Uygarlığı* açısından var olan demokratik süreç, köylülerin paydaş[8] olarak söz ettiği yerdi. Bununla birlikte, çeşitli krallıklarda daha sonraki aşamalarda, Hindistan hiyerarşi duygusunu geliştirmişti. Bu hiyerarşi, kast sistemi ve sürekli vurguladığım sömürge mirası ile karmaşık hale gelen şeydir. Genel olarak, siyasi dinamikler fikri, her ikisi de Hindistan'da görülebilen, bir şekilde bölgesel veya pan Hint dini kimlik temelli siyasette daha güçlü

---

[7] *Vestfalya (ecpr.eu)*
[8] *Eski Hint Demokrasileri* / LES DEMOCRATIES ANCIENNES DE L'INDE on JSTOR

bir antiteze sahip olan hanedan siyasetine dayanmaktadır. Bölgesel siyaset fikrinin, Hindistan'ı kimliklerin birleştiği ancak tek tip doğal kimliği koruyan bir ülke haline getiren demokrasinin geçmişiyle güçlü bağlantıları vardır. Ardından, **ÇKP'den (Çin Komünist Partisi) daha fazla üyeliğe sahip olan dünyanın en büyük partisi olan** Bhartiya Janata Partisi (BJP) *adı altında son yirmi yılda hız kazanan din temelli siyasetin ulusal kimliği için bir sonraki seviye geliyor.* Hindistan'ın günümüzdeki siyasi kimliği, dinamik olarak değişen ve Gandhi'nin ideallerinin Tilak'ın fikirlerine evrilme biçiminden tamamen başkalaşan bir şeydir. Hindistan'da demokrasi fikri, dolaylı, kısmen doğrudan-dolaylı ve doğrudan olmak üzere üç düzeydedir. Hindistan cumhurbaşkanının seçimi, anayasanın cumhurbaşkanının devletin nominal başkanı olmaktan daha fazlası olmasına izin vermemesi nedeniyle tamamen dolaylı bir yolun olduğu yerdir. Bir sonraki seviyede, kağıt üzerinde basit ve anlaşılır olabilen, ancak Hindistan ulusunda çok farklı bir anlam kazanan en zor ve karmaşık süreç geliyor. Hindistan, kendisini "***dünyanın en büyük demokrasisi***" olarak gururla adlandırdığı demokrasiyi el üstünde tutmak ve övünmek istiyor. Bununla birlikte, son demokrasinin sağlığı endeksi bizi Nijer gibilerle aynı sıraya koyuyor ki bu, Hindistan gibi sözde demokratik ilkeleri nedeniyle batıya yakınlaşmak isteyen ve onunla yakınlaşan bir ulus için kesinlikle rahatsız edici bir şey. Oysa biz, kendi demokrasi endeksini planlayan görevdeki hükümetle kesinlikle iyi gitmeyen bir seçim otokrasisi olarak adlandırılıyoruz. Eh, Hindistan kesinlikle gerçek bir şansı olan "*mafya tarafından, mafya tarafından ve mafya için bir demokrasi*" olmak istemezdi.

Cinnah'tan Tilak üzerinden Gandhi'ye, Hindu kimliği, Jan Sangh, RSS ve Ram Rajya arasında köprü kuran Golwalkar ve Savarkar- bölüm 1.

Hindistan'daki siyasi gelişme sorunu, daha önce de belirtildiği gibi, son sömürge baskısından önce üzerimizde hüküm süren hanedanların ve krallıkların çeşitli aşamalarından geçmiştir. Bununla birlikte, "Kızılderililer" gibi eserlerde ayrıntılı olarak tartışılan, Hindistan'ın sadece siyah beyazla ölçülemeyen, ancak kader olabilecek düşünce renk yelpazesinden daha fazlasına sahip olan bir ulus olarak Hindistan'ın kökeninin izlerini kapsayan ince bir baskı var. Hindistan'daki siyasi gelişme fikrinin, her zaman çok batılı bir kavram olduğu söylenmesine ve Hindistan'da olduğu düşünülmemesine rağmen, soldan sağa doğru değiştiği iyi belgelenmiştir. Siyasi yelpaze ideolojisinin kökenleri Yunan parlamentosuna dayansa da, Hint siyasi düşüncesinin nüanslarını unutmamak gerekir. Hint siyasi düşüncelerinin kökenleri uzun bir zaman diliminden beri çeşitlilik göstermiştir. Bununla birlikte, baskın söylem, genellikle *İndus Vadisi Uygarlığı* zamanlarından itibaren gelişen veya daha doğrusu ortaya çıkan Brahmanik sistemle eşitlenen varna temelli siyasi hiyerarşinin odağında olmuştur. [9] Bununla birlikte, bahsettiğim kitapta, varna merkezli siyasi sistemin kökenleri için kesin zaman çizelgelerinin belirtilemeyeceğinden de bahsedilmiştir. Bununla birlikte, modern zamanlara, yani sömürge dönemine ve ardından şimdiki zamanlara bir sıçrama yapılırsa, ne tür bir Hindistan istediklerine dair bir dizi düşünce de var. Komünist gündemden bile daha sol yönelimli olan sol radikal hümanizm fikri, kendisi de diğer solcularla işbirliği yapmak için Meksika gibi yerlere seyahat eden ***M.N. Roy*** tarafından ortaya atıldı. Sonra merkezci siyaset açısından, Hint ikonlarını bulmak biraz zor. Kesin kişiliklerden bahsetmiyoruz, ancak **Sardar Patel** ve hatta **Jawahar Lal Nehru** gibi Kongre liderleri oraya

---

[9] *https://www.britannica.com/topic/varna-Hinduism*

yerleştirilebilir, ancak ilki merkez sağa ve ikincisi merkez sola daha yakın olabilir. **Mahatma Gandhi** söz konusu olduğunda, fikirlerinin sola ve bazen de sağa meyilli olduğu gerçek anlamda merkezci olduğu söylenebilirdi, ancak bugün hayal edebileceği şekilde değil. Bu, kimliği dinle gurur duymakla sınırlıyor, kültürel ethos ön plana çıkıyor. Benzer fikirler, Vivekananda'nın Hint kimliği fikrini vurgulama şekli açısından da görülebilir. Siyaset açısından, kültürel ethos, özellikle Hindistan gibi çok katmanlı bir ülke bağlamında önemlidir. **Öte yandan Netaji Subhas Chandra Bose** , düşünce sürecinde her iki spektrumdan da unsurlara sahip olan modern bir merkezcinin mükemmel bir poster çocuğudur. Öte yandan, sol siyasetin diğer yelpazesinde, Hint tarzının eşitlikçilik felsefesinin yerini Rus devriminin devrimci fikirlerinin aldığı sözde Hintli kimlik tarzının kökeni vardı. Hint siyasi düşüncesinin yolu bugün *Rashtriya Swayam Sevak Sangha'nın* kamusal alanda yayması gereken şeyle sınırlıdır. *Hindistan'ın en ilginç yönü, Hindistan kavramından ne anladığımızı anlamaktır. Sadece pasaportla, bayrakla, milli marşla ve batının belirlediği sınırlarla mı bağlı olan?* Bu kısım kesinlikle sömürgeci efendilerin bir armağanıdır ya da daha doğrusu Hindistan'ın şimdiki zamanlarda nasıl şekillendiğidir. Bununla birlikte, ulus devleti yaratmak için Vestfalya antlaşma sistemine bağlı olmayan, kendi sınırlarını aşan kültürel çevre ve imparatorluklar fikrine ne demeli? Hindistan'ın sistemi, bazıları iyi ya da kötü olan, Rorschach testine çok benzeyen kalıntılarının bıraktığı izlerle ıslanan bir kağıt gibi olmuştur. Yaratılan tasarım, Hindistan'ı harekete geçiren şeydir, çünkü bu konuda somut veya kesin bir şey yoktur. Aslına bakarsanız, bugünün Hindistan'ını ortak bir geçmiş duygusu haline getiren tek bir şey var, o da bugünün koşuşturması ve gelecek hayali. Bununla birlikte, tüm bunların ortasında, Hindistan'ın ülke hakkında tekil bir tek tip gerçeğin olduğu kimlik biçiminde hazırlanmasını ve yaratılmasını isteyen **RSS (Rashtriya Swayam Sevak Sangha)** biçiminde revizyonist bir Hindistan'ın sağcı siyasi yelpazesi vardı ve bugün de mevcuttu. Hindistan, hiçbir sabit tanımın onu tanımlayamayacağı, ancak içinde karmaşık bir ilişki olan birçok ırka ve binlerce alt kasta bölünebilen bir ırk kavramından görülebilen veya anlaşılabilen gerçekten mucize bir ülkedir. Bununla birlikte, katmanlı ulus içinde Hindu olmanın şemsiye kimliğinin cazibesi, Hindistan'ı bugünden değil, son on yıldır yeni yeni ön plana çıkan uzun yıllar boyunca yönlendiren şeydir. Hindistan'ın kökleri her zaman, Homo

Sapiens'in Neandertallerin varlığının en sonuna gelmeye başlamasından bu yana modern insan uygarlığının ortaya çıkışından sonra doğaya tapınmanın ön planda olduğu Sanatana olmuştur. Günümüz Hinduizminde yaygın olan paganizm ibadet biçimlerinin paganizm olmadığı ve doğa ile gerçek derin bağlarla gerçek bir bağlantısı olduğu, formlar verildiği ve bugün tarih ve folklorun bir karışımı yoluyla siyasi kimliğin bir sembolizmi haline geldiği tartışılmaktadır[10]. Aynı zamanda marjinalleştirilen kast temelli bağlantılara da sahiptir, ancak bugün revizyon tarihi şeklinde ulusal kimliğin bir parçası haline gelmiştir. Ana fikir, geçmişi unutmak değil, geçmiş zamanların fikirlerini korumaktır. Bugün Hindistan'ın siyasi yelpazesiyle ilgili sorun, ne solun ne de sağın Hintli dediğimiz şey açısından meşruiyet iddia edememesidir. Boşluklar var ve olmaya devam edecek, Hint siyasi kimliği için herkese uyan tek fikir aşırılıkta olmak değil, ılımlılıktır. Bu, Buddha'nın, savaş sonrası Ashoka'nın, Ekber ve Gandhi'nin duruşlarını nasıl sürdürdüklerinde görülebilir. Bununla birlikte, sorulması gereken bir soru ortaya çıkıyor, bu da kanıtlarla ilişkilendirilebilecek belirli bir odak noktasını alan belirli soruları sormak yanlış mı? Ulus, o kadar çok deneyimin ve o kadar çok katmanlı tarihin bir sonucu olmuştur ki, Hindistan'ı çok tekil bir yelpazeden tanımlamak zordur. Bununla birlikte, sömürgeci damganın ortaya çıkmasıyla büyük bir değişikliğe uğrayan Hindistan'ın siyasi gelişimi sorununa geri dönelim. *"Kızılderililer: Medeniyet Tarihi" kitabının* işaret ettiği gibi, Hindistan'ın hikayesi ne sömürgeciliğin ortaya çıkışıyla başladı ne de onunla bitti. Bugün, genel olarak Hindistan siyasi tarihinden bahsettiğimizde , *Ambedkar, Netaji, Sardar Patel, Tilak, Dadabhai Naoroji, Nehru, Indira Gandhi, Narsimha Rao, Manmohan Singh* ve *Narendra Modi* ile Gandhi'nin adı ön plana çıkıyor. Hint siyasi düşünceleri sorunu, çocuklarının ve torunlarının büyüdüğünü gören bir ebeveyn olarak görülebilir. Elementler kalır, ancak baskın genler devralana kadar mutasyon devam eder. Birden fazla gerçekliğin olduğu bir senaryoda, Hindistan, yolculuğunda diğer birçok eski medeniyet temelli ulus gibi birden fazla gerçekliğe sahip olan ulustur. Hindistan'ın eski siyasi liderliği sorununa geri dönersek, eski Vedik metinlerden daha sonraki Puranalara veya Guru Nanak, Buddha, *Krishna (tarihsel olan) ve hatta Ramayana ve Mahabharata* gibi reformculara kadar, yalnızca yüzeyde

---

[10] *'Dini Hoşgörü': Hinduizm çok tanrılı mı? Hayır, din bilgini Arvind Sharma (scroll.in) savunuyor*

çizilmiş siyasi bilgi unsurlarına sahiptir. İlk yıllarda Chanakya Kautilya aracılığıyla siyasi bilgi felsefesi, bugün bile kullanım alanı bulan Makyavelist felsefe olarak işaretlenmiştir. Unutmamak gerekir ki, eski zamanların Hint siyasi düşünceleri, mücadeleyi, yiğitliği ve gerektiğinde kapmayı savunmuştur. Kendi yönetim sistemlerini geliştirmiş olan büyük fatihler olmuştur, bunların bir kısmı dışarıdan, bir kısmı ise bölge içinden gelmişti. Evrimleştiler ve mükemmel olmayan bir sistem yarattılar ve anarşinin boşluklarına ve unsurlarına sahip olmalarına rağmen, Kızılderili tarzına giren bir siyasi sistem vardı. Hindistan gerçek anlamda hiçbir zaman tamamen işgal edilmedi, yani bugün ya da geçmiş yıllar. Gerçekten de, Avrupalı sömürgeciler, özellikle de İngilizler, büyük resmi yerel, bölgesel ve ulusal olanı bölerek daha küçük parçalara ayırmayı biliyorlardı. **Kızılderililer** kitabında da belirtildiği gibi, *İngiliz Raj*, bölgesel güçleri daha büyük bir amaca karşı koymaktan ve diğer bölgesel güçleri ulusal düzeyde birleştirerek sorun yaratmaktan alıkoymak için yereli nasıl kullanacağını biliyordu. Şimdi, geçmişin felsefi düşüncelerinin güçlerinden ve liderlerinden bahsettiğimize göre, sömürgeciliğin sona ermesinden önce Güney Asya siyaseti bağlamında modern kitle liderinin yol göstericisi olarak bilinen Gandhi'ye geri dönelim. Bahsedilen diğer Hintli liderlerin, çağdaş oldukları için aynı sayfada olsalar da olmasalar da Gandhi ile bağlantıları olduğu, ulusal özgürlük mücadelesi için kendi yollarıyla kendi savaşlarını verdikleri atfedilebilir.

Cinnah'tan Gandhi'ye Tilak üzerinden Hindu kimliği, Jan Sangh, RSS ve Ram Rajya arasında köprü kuran Golwalkar ve Savarkar- bölüm 2.

Bununla birlikte, yüzünün Hint para birimi üzerinde olması ve ne yazık ki güçlü silahlı direniş hareketi fikirleriyle olumlu karşılanmayan Netaji tarafından resmi olmayan Ulusun Babası unvanının verilmesinin yanı sıra, Rabindra Nath Tagore'un ona verdiği isimle Mahatma olarak da bilinmesi, siyasi düşünceleri ve felsefi duruşları, İngiliz Raj'ın bilişsel kafa karışıklığının ortasında hakimiyetleri için sürdürmek istediği bir şeydi. Gandhi, en azından 1915'ten itibaren Hindistan'ın kendi kendini yönetmesi için bir sembol olmuştur. Bundan önce, sırasıyla **Lala Lajpat Rai, Bal Gangadhar Tilak ve Bipin Chandra Pal** olan *Lal-Bal-Pal'ın* fikirleri ya da geçmişten ilham alan aşırılık yanlısı Hintli liderler, felsefi bilgelik, daha sonra **Nelson "Madiba" Mandela** ile gerçekten rezonansa giren başka bir siyasi ideoloji biçimi olan satyagraha ve şiddet karşıtlığı duygusuyla silindi Güney Afrika'da, ancak Hint siyasi uygarlığının veya dünya uygarlığının tarihini yeniden aramamız gereken yer burasıdır. Savaş barışı, barış zayıflığı ve ardından savaşı getirir. *Ashoka* örneği, **Kalinga'daki (Modern Zaman Odisha'sı)** şiddetli mücadelesinden sonra barış feneri olarak verilir. Bu, Dalit ve Kabile edebiyatını ihmal etme pahasına bile olsa, yerli bilgimizin geçmiş bilgeliğinden ilham alan, kendi kahramanlarına ve folklorlarına sahip olan insanların, onu kaparak bize kendi kendini yönetme fikrini vermek için farklı türde yaklaşımlar açısından ellerini denedikleri fikri sayesindedir. Son zamanlarda *Vikram Sampath* ve *Sanjeev Sanyal* gibi yazarlar sayesinde, alternatif tarih denilebilirse ön plana çıkıyor. Sadece silahlı direniş ve şiddetle sınırlı kalmayan, bazılarının yeni bir ekonomik sistem yaratma yollarına sahip olduğu fikirlere sahip olan kahramanlar ön plana çıkıyor. *Netaji Bose*, Avrupa sanayi uygarlığından hangi fikirleri alacağını her zaman bilen bir dava noktasıdır. **C.R. Das, Bagha Jatin** gibi diğerleri, uzun ve inanılmaz devrimciler listesindeki birkaç kişiden bazıları, bir yerlerde tarihsel unutkanlığın sayfalarının ve zaman tozlarının arkasına gömüldü. Gandhi'nin siyasi ideolojisinin kökenine geri dönersek, ekonomi, sosyal uyanış, siyasi düşünce süreci unsurları olan bir fikri temsil etti. Bununla birlikte, şiddetsizliğe yönelik politik yaklaşımı defalarca savunması, tam olarak neyi başarmıştı? Kuyu. Melez sömürgeci yönetim siyasetinden gelen miras, feodal siyasete kanca ve sahtekar yara bandı yoluyla gelmişti. Britanya siyaseti tarafından manipüle edilen ve Gandi'yi Hindistan'ın kitlesel direnişini kontrol altına almak için bir kalkan olarak kullanan ülke, ustaca bir vuruş olmuştu. **Annie Besant** ve **Allan Octavian Hume'un** ortaya çıkışından bu yana Hindistan Ulusal Kongresi, İNGİLİZ sömürgecilerinin mecbur kalmaktan çok mutlu oldukları bir emniyet supabı olmuştu. Hindistan'ın bağımsızlığı fikri genellikle müzakere edilmek ve alınmamak üzere azarlanır, bu da pek çok özgürlük savaşçısının tutkulu mücadelesine saygısızlık etmeden gerçeği vardır. Ancak, nihayetinde gerçekleşen müzakere, ulusun kanlı bir bölünmesi olduğu için plana göre gitmedi. Gandhi'nin iki toplum için emzik olarak rolü, beyaz bir araştırmacı olan *Radcliffe* tarafından çizilen çizgilerin ortasında kaldı. Hayatı nihayetinde **Nathuram Godse** adında bir adamın adıyla sona erdi ve bu da bizi başka bir siyasi yelpazeye getiriyor. Spektrumdan bahsetmişken, çok çeşitli bir ülkede, ırk açısından ortak bir kimlik bulmak imkansızdır, bu nedenle ötekileştirme kavramı sadece din biçiminde gelebilir. Orijinaller işgalcilere karşı ve hepimiz bu hikayeyi biliyoruz. Bir ulus olarak Hindistan, birçok yerde bölgesel siyasette siyasi hakimiyet açısından zaman zaman sallandı. Bununla birlikte, siyasetin tüm dinamiklerinin iki parti arasında olduğu bazı eyaletler ve hatta merkezde, çoğunlukla ABD ve İngiltere'de olduğu gibi, sol veya sağ arasındaki fark olarak adlandırılamayan, daha ziyade ılımlı *(İngiliz Raj'ın yaklaşımından dolayı Hindistan Ulusal Kongresi'ni okuyun) Shyama Prasad Mukherjee* tarafından yaratılan **Jan Sangh'a** kadar izlenebilecek iddialı **BJP'ye (Bharatiya Janata Partisi)** kadar uzanıyordu Hindistan'ın, Avrupa uluslarının uzun zaman önce bulduğu birleşik bir kimliğin tek gururu altında birleşememe gibi doğal bir zayıflığa sahip olduğuna her zaman inandı ve dini kimlik olarak değil, bir yaşam biçimi olarak Hinduizm biçiminde olacak olanı bulmanın zamanı gelmişti. Savarkar'dan Golwalkar'a kadar olan fikirler her zaman İtalya'dan Almanya'ya ve kültürel çeşitliliğin çokluğuna hitap etmekten ziyade çoğunlukta yankı uyandırabilecek iddialı milliyetçiliğin yolunu tanımlayan birleşme hikayelerinden ilham almıştı. Hindistan fikrine her zaman soldan sağa doğru olan yelpazeden itiraz edilmişti. Bir tarafta sol liberal kanat vardı ve bazıları muhtemelen olmadıkları bir şey kılığına giriyordu. Bu bölüm beni *"Hindistan'ı ne, neden, nerede ve nasıl tanımlarsınız"* sorusuna getiriyor. İlk soru şu: *Son 5000 yıldan beri var olan Hindistan ya da daha doğrusu Bharat Varsha fikrine sahip olan insanlar için Hindistan fikrinden ne anlıyorsunuz?* **Hindistan'ın** veya **Bharat'ın** veya **Aaryavarta'nın** veya **Jambudwipa'nın** [11] yaklaşık 5 bin yıl boyunca kendi yolunda bir arada olan bir varlık olduğu fikri. Britanya'nın tarzı fikrine uymak zorunda değildi ya da bugünkü Hindistan'ın, bölünme izini geride bırakan bazı gelişigüzel işaretlerle ortaya çıktığını düşünmek zorunda değildi. Fikir her zaman Hindistan'ı batı tanımlarını ve geleneklerini takip etmeyen bir şekilde tanımlamak ve anlamak olmuştur. Hindu veya *"Sanatani"* gururunun rolü burada devreye giriyor. Şimdi, Hindu ve Santani farklılıkları fikrini dağıtmayalım, daha ziyade Bharat ve bölüm başlığında adı geçen insanlar karşısında Hindistan fikrini dağıtalım. Tilak zamanından beri Hindistan fikri, parçalanmış değil, Hinduizm fikrinde birleşmiş bir Hindistan fikrini mayalamıştı. Kastın ve diğer bölünmenin rolü söz konusu değildi. O zamandan beri, Ganj'dan çok sular aktı ve Hinduizm'in fikri ve Hindistan'ı sunmadaki rolü açısından rolü. Hindistan'a Batılı bir bölgeselleşme biçiminin bir yapısı olarak bakma ve daha sonra onu bir ulus olarak elde etme fikri, **Tilak** gibi liderler ve daha sonra **Savarkar** ve **Golwalkar** tarafından, **RSS'nin (Rashtriya Swayam Sevak Sangha)** oluşumuna ve şu anda *Bharatiya Janata Partisi* olan Jan **Sangha'nın** siyasi bağlı birimine kadar hiçbir zaman görülmemişti. Hindistan'ın ruhu için verilen mücadele, bağımsızlıktan önce ve hatta bağımsızlıktan sonra da oradaydı. Sadece desen ve onu sunma tarzı değişti. Daha yakından bakıldığında, Hindu gururu fikri, uzun bir süre boyunca dayanıklılığı her zaman tanımlama konusunda gururlu bir geleneğe sahip olan Maharashtra'dan kaynaklanan tarihsel bir temele sahip bir Hindistan hayal etme biçimindedir. İngilizler bizi boyun eğdirmeden çok önce, *Maratha* gururu, daha önce de belirtildiği gibi, bağımsızlıktan önce ve sonra işgalcilere karşı uzun bir mücadele tarihinin hikayesiydi. Herhangi bir hareket için çok önemli olan güçlü

---

[11] *Aryavarta: Aryavarta - Tianzhu, Jambudweep: Hindistan'ın diğer beş ismi hakkında bilgi edinin | Ekonomik Zamanlar (indiatimes.com)*

bir özdeşleşme duygusu, benlik saygısı, gurur ile desteklenen bu esnek tutum, arkaik şemsiye terim olarak Hinduizm'in birleştirici faktörü şeklinde geldi. Bugün, Ram Mandir ve Ram Rajya'nın tüm fikri, Hinduların ve Müslümanların sözde organik bir arada yaşamasının karmaşıklıklarının, kanlı tarihe rağmen yüzyıllar boyunca normalleştiği yerde, solun durmak istediği yerde kutuplaşıyor olabilir. Ne var ki kimlik açısından karmaşası ve kaosu ile Hindistan siyaseti için çizgi ortada bir yerlerde yer almaktadır. Tarihin geniş bir döneminden bugüne kadar Hint siyaseti kavramı, feodalizm, sömürge sistemi vb. gibi bazı geniş kavramlar etrafında ele geçirilmiş gibi görünüyor. Ayrıca sömürge dönemlerinde **Ashoka, Buddha, Chanakya** ve tabii ki **Gandhi** gibi birkaç isim de ara sıra düşürülüyor, şimdiki zamanlarda **Narendra Modi'ye** kadar. Siyasi tartışmalarda **Periyar, Sardar Patel, Netaji Bose, Nehru** ve hatta **Cinnah** gibi başka siyasi liderlerin de olduğunu belirtmeyi unutmamak gerekir. Bununla birlikte, Hint siyaseti ve gelişimi fikri, bazı renklerin daha çok baskın olduğu bir kaleydoskoptur. Renklere bakılırsa, feodal beylerin şimdi hanedan siyaseti biçiminde nasıl maskelendiği daha fazla bulunacaktı. Bununla birlikte, bu tür bir siyasetin kökenleri, sömürgecilik sırasında ve sömürgecilikten sonra uzun bir tarih dönemine bağlanabilir. Burada tarihin örnekleri eski imparatorluklardan bile alınmıyor. Hindistan siyasetini kimin tanımladığı sorusu gündeme geliyor, ancak herhangi bir değişiklik olursa Hindistan siyasetinin bir sonraki aşaması ne olacak? Cevapları birçok kitap tarafından verilen Hint siyasetinin nasıl işlediği sorusu her zaman kalır. Üst orta ve yüksek net gelir toplumun kremasında, alt kesim "*bedava*" ekonomiye sahip oy bankası, peki ya hayatlarını sürdürürken memlerin fırtınasına yakalanan sıkışmış orta sınıf? Hindistan siyaseti, iktidar ve kast denklemlerini kullanan hanedan temelli oy bankası siyasetinden ayrı olarak bu şekilde işledi. Hindistan dönüşümler geçiriyor ve yaşıyor ama en büyük değişim, kast denklemini ve ortak bir kimliğin oluştuğu alt bölümleri kesip atmak. Bu nedenle bu bölüm, Tilak zamanından beri başladığı yere geri dönme fikri üzerine inşa edilen tartışmayı yönlendirmek için seçilmişti. Kusurlarına rağmen birleşik bir kimliğin gücünün rol oynadığı ve yaklaşımda indirgemeci olduğu bir Hindistan fikri. Herhangi bir Müslüman kimliğin yabancı kabul edildiği, hatta Hinduizm'e benzer köklere sahip olsa bile diğer inançlara bile genişletilebilecek bir Hindistan hayal etmek. *Hilafet hareketi* uyumu gibi siyasi yaklaşımıyla

Hindular ve Müslümanlar arasında köprü olan Gandi'nin yatıştırma kusurları vardı. Başka siyasi düşünce biçimlerine sahip olan **Netaji**, Hint tarzında da olsa, gerçek anlamda çok kültürlü ve laik bir araç yarattı: Hindistan Ulusal Ordusu'nu ne zaman ve nerede kurdu. Farklı inançlara mensup ve aralarında dini kimlikle bağlı olmayan kadınların da bulunduğu üç askeri general, Netaji'nin başardığı şeydi. Hem askeri açıdan hem de zalimlere karşı silahlı direniş için çeşitli dini kimlikleri birleştiren aynı madalyonun içindeki bir rakibe karşı alınabilecek bir mücadele. Sihirli çözümün, İngilizlerin ekonomik baskıdan sarsıldığı İkinci Dünya Savaşı'nın doğru zamanında kullanılması, aceleyle ayrılmalarına neden oldu. Sonrasında yaşananlar, hepimiz hikayeyi biliyoruz: Nehru başbakanlığı aldığında unutulmaya yüz tutmuş bir ulusal kahraman ve Gandi'nin *Müslüman Birliği'ni* yatıştırmak için yaklaşımından ve şiddetsizliği savunan Pakistan'ın yaratılmasından hayal kırıklığına uğrayarak, kendisi de **Nathuram Godse'nin** gerçekleştirdiği bir şiddet eylemiyle öldü. Yine de tartışmalı bir adam, ancak herkesle birlikte hareket etmenin ona Gandhi barışı tarafından teşvik edilen ailesine mal olduğuna ikna oldu. Gandhi Hindistan'ın bölünmesini durduramadı, ama tek başına suçlanabilir mi? Nehru, Cinnah ve hatta 1942'deki Cripps misyon planı, alt kıta için anlaşmayı imzalamak için Anglofil bir Müslüman olan Cinnah'ı geri döndürmek için bölünme anlaşmasını imzalamıştı.

Hindistan siyasetinin yerel, bölgesel ve ulusal düzeydeki ekonomileri: Politico Economus

Hint siyaseti, daha önceki zamanlarda iyi gelişmiş bir siyasi sistemin unsurlarına sahip olan, ancak daha sonra feodal ve sömürgeci bozulma tarafından tahrip edilen ulusun dünyanın en büyük demokrasisi olarak nasıl hayatta kaldığı konusunda endişe olmasa da her zaman bir şaşkınlık meselesi olmuştur. Dini kırılma hatlarıyla birlikte geride kalan insan sayısı, çeşitlilik ve sistem, kastçılık sorunları, Hindistan siyasetinin ve demokrasisinin kusurlu olduğu iyi bilinmesine rağmen hala Hindistan'ı kırmayı başaramadı. Şimdi konu başlığına geri dönersek, birçok gelişmekte olan veya sömürge sonrası ulus gibi, siyaset fikrinin de yolsuzluk ve kas gücü (insan gücü/mafya etkisi, siyasi), para ve kimlik ile batmış olduğunu anlamak gerekir. Kalkınmaya dayalı siyaset, Hindistan'ın bugün kırsal veya tarımsal bir ekonomi olduğu ve hala da öyle olduğu için hedefin çoğunu kaçırmıştı. Pek çok ülkede olduğu gibi, kentli orta sınıf, siyasi tartışma ve müzakere fikrinin bu yığını kaçırdığı birçok politikada hala geride kalan nüfusun bir kesimidir. Her ne kadar şimdi söylenen şey büyüyen Hint orta sınıfı üzerine olsa da, ironik bir şekilde, büyük ölçüde eski zamanlardan beri belirli politika girişimlerinin hedefi olmayan orta sınıftır. Kongre, orta sınıfın orta kesimine yönelik fazla bir politika çabası olmaksızın alt kesime doğru bir eğilim gösterdi. Bunlar daha önce tartışılmamış yeni faktörler değil, ancak fikir, 1,5 milyarlık devasa bir nüfusun belirli ortak unsurlarına sahip çeşitlendirilmiş bir ülkede demokrasinin nasıl çalıştığını vurgulamak ve anlamaktır. Hindistan siyaseti kesinlikle ABD'nin açık lobicilik sistemine sahip değil, ancak en azından masa altı muameleleri mantığıyla hareket edersek, merkezi, bölgesel ve yerel siyaseti kimin kontrol ettiği zaten iyi biliniyor. Sanayicilerin, kapitalist güçlerin rolü ne kadar vurgulansa azdır. Bununla birlikte, marjinal sesler kavramı, ne yazık ki, oradaki insanların sesi olmaktan ziyade, sömürge sonrası siyasetin melez bir biçimine adapte olmuş yerel düzey siyaset olarak marjinal kalmıştır. Hindistan'da doğrudan demokrasinin en yakın biçimi olan panchayat sistemi, birçok yönden Hindistan'a özgü bir

Hintli batı demokrasisi biçimine dönüşmüştür. Dünyanın "*en zorlu sınavı, sistemin kendisi ve yolsuzluk düzeyi üzerinde çok fazla eleştirisi olabilecek Hindistan yönetiminin en önemli sütunlarından birini barındıran*" Hindistan'ın kötü şöhretli bürokratlarının sömürge sistemini kullanmak. Yine de, fikrin, herhangi bir ulusal sistemde önemli bir rol oynayan ekonominin siyasetteki rolüne yeniden bakmak olduğu inkar edilemez. *Yoksulluk politikası*, bağımsızlıktan bu yana, hala birçok yoksul insana sahip bir ulus olmanın şüpheli ayrıcalığıyla Hindistan siyasi dinamiklerinde moda bir kelime olmuştu. Şimdi, şimdiki zamanlarda bu yoksulluk politikasının ötesine geçtiği görülmeye devam ediyor. Cevap evet ve hayır. Yoksulluğu çevreleyen temel politika kaldı, değişen tek şey yoksulluğun ele alınma şeklidir. Hindistan muhtemelen zenginlik ve refahın uzun bir süre boyunca aşırı yoksullukla işbirliği yaptığı bir ülkedir. Çirkin yoksulluk ve aşırı zenginlik kavramı, Karma ve ıstırap kavramının hala büyük ölçüde teselli olarak takip edildiği toplum açısından kayıtsız tutumumuzun bir parçası olmuştur. Yoksulluk etrafında çok fazla siyasi tartışma yapıldığı ve çok boyutlu yoksulluk açısından bile yoksulluğun azaltıldığı doğrudur. Ayrıca, kaynakların dengesizliği kabul edilmesi gereken bir şey olduğu için mutlak anlamda yoksulluğun hiçbir toplumdan kaldırılamayacağı iddia edilebilir. Bununla birlikte, yoksulluk ekonomisi etrafında siyaset fikri, *Garibi Hatao'nun* (yoksulluğu ortadan kaldırmak) günlerinden beri Hindistan'da hala bir zil çalıyor, değil mi? Bu, Hindistan siyasetinden uzak olduğu söylenemeyecek bir şeydir. Anlatı, bir ruh hali olarak yoksulluğun zorluklarının ve güçlüklerinin üstesinden gelmek için gurur duyma ve girişimci zihniyetin rolünün teşvik edildiği yoksulluğa yeni bir bakış açısının tanıtılmasıyla değişti. Soldan ya da sağdan olsun, her siyasi liderin konuşmasında ortaya çıkan tekrar eden bir tema. Bütçenin bir araç olarak kullanılması açısından, her yıl bu demografiyi desteklemeyi hedefleyen birçok politika ortaya çıkıyor. Ne var ki, yoksulluk üzerine siyaset üzerine yapılan tüm bu oturumların ortasında, retorik ve politika yapımının yanı sıra, asıl fikir bu siyasi kimliği yaratmak olmuştur. Yoksulluk hala pek çok siyasi tartışmanın merkezinde yer alıyor, ancak paradigma değişimi artık din, kast kimliği, yoksulluk, işsizlik ve hala genç nüfusun ve yeteneklerin büyük bir bölümünün boşa harcandığı bölgeselcilik etrafında arka planda kaldı. Hindistan siyaseti daha havalı, sosyal medya odaklı ve yeni bir markalaşma unsuru olarak gelişti. Bununla birlikte, tüm bunların arkasında, temel kişilik kültü Hint siyasetinde yeni bir şekilde yeniden keşfedildi. Hindistan, kendi parçaları kendi yolunda hareket eden çeşitlendirilmiş bir yapboz parçası olmuştur. Ulusumuzun federal yapısı, bölgesel hizipçiliğin hala anayasal yapıştırıcı ile Kızılderililik kavramına yapıştırılmış olduğu yerlerde gerçekten benzersizdir. Haberlere ve sürekli genişleyen yasal çerçevemize baktığımızda, yolsuzluk haberleriyle dolu Hindistan siyasetimize çok benzer hayal kırıklığı anları oluyor ve daha parlak noktaları, cesur ve dürüst politikacıları özlüyoruz. Zaman zaman, yüksek mahkemelerin saygıdeğer yargıçları tarafından yapılan şüpheli ifadeler merak uyandırıyor, örneğin ten tene dokunmanın sadece tecavüz veya doğal olmayan evlilik için değerlendirilebileceği, evlilik içi cinsel ilişkinin sorun olmadığı ve eşin rızasının milletvekili yüksek mahkemesi tarafından önemsiz olduğu, ancak ayın yüzeyindeki bazı lekelerin ışıltısını ortadan kaldırmadığı gibi, Aynı şey, ülkeyi yolunda tutan ve bocalayan demokrasimizi, Asya ve Afrika'daki pek çok ulusun başına gelen tam bir kaos ve anarşiye düşmekten koruyan yargımız için de geçerli. Mevcut demokrasi kalitemiz sorgulanabilir ve sağlıklı demokrasinin bir işareti olduğu için sorgulanmalıdır. Tüm söylenenler ve yapılanlar, sömürge sisteminin kabuğundan geliştirilen Hint siyaseti fikri, eski sömürge öncesi siyasi sistemin çoğunu silip süpürmüştü. Asıl soru, zamanla, siyasetimizin ve siyasi sistemimizin bugün bulunduğumuz güç siyaseti ve dinamikleri için kitleyi kullanmaması gerekip gerekmediğidir ve bizim için tüm ulusu tedirgin eden üzerinde oynanmış videoların ve hakikat sonrası siyasetin ötesine geçme zamanıdır.

Hindistan'ı mı yoksa Bharat'ı mı duyuyorsunuz?

Jana veya **Jati**, sömürge öncesi Hint Yarımadası[12] da dahil olmak üzere bu geniş topraklarda insanları bölen bir ulus veya kast olarak insan kavramı. Cinnah'ın Hindistan adının benimseneceğini düşünmediği, ancak Nehru tarafından benimsendiği iyi belgelenmiştir. Öte yandan, ismin kabulü, anayasa meclisi tartışmaları sırasında çok tartışıldı. Orada tartışma odaklanmış değil, daha ziyade tartışma sadece isimle ilgili değil, aynı zamanda yeni *Kahverengi sömürge sonrası* ***"Sahibler"*** sınıfı ile siyasi sınıf mücadelesi veren yerli gurur arasındaydı. Hindistan'daki siyaset dünyası, makro düzeyden bakıldığında aynı kalıyor. Hindistan adını korumak için ismin dinamiklerini gerçekten değiştirmeye ihtiyaç olup olmadığı veya Bharat gibi başka bir ismin daha iyi olup olmayacağı konusunda çok fazla tartışma ve tartışma var. Ancak ironik bir şekilde, Hindistan ve Bharat ismiyle ilgili tartışma, siyasi duruşlar açısından bugün bile devam etmektedir. Daha önce de belirttiğimiz gibi, bir yandan kastın ötesine geçip dine yönelen kimlik siyaseti üzerinde oynama fikri, diğer yandan sözde laiklik fikrine sahip olmaktır. Şimdi, bu gerçekten laiklik miydi, yoksa alaycı bir şekilde "***sickularism***" olarak bilinen, Hindistan'ın kapsayıcılık politikasının maskelenmesi anlamına gelen ama aynı zamanda kastçılığın ince çizgilerine de parmak uçlarıyla ayak uydurmuş olmak, Hindistan'ın sürdürdüğü melez feodal-postkolonyal siyasetin daha geniş bir versiyonudur. Ekonomi ve sosyal durumun ayrımına daha sonra geleceğiz. Bununla birlikte, Hindistan adının, birçok kişinin İndus vadisi adından uyarlandığını söylemesine rağmen, küresel görünüm için benimsenmesine rağmen, farklı siyasi çağrışımlara sahip olduğu anlaşılmalıdır. Kuşkusuz, Hindistan kelimesiyle birlikte **Hint-Pasifik** adı gibi farklı Jeo-Politik senaryoları da vardır ve benzer şekilde Hint okyanusu için de isim, sömürge deneyiminden oyulmuş bu günümüz ulusu Hindistan'ın meşruiyet duygusunu taşır. Bharat ve ismin geri getirilmesi fikrine hayran olan

---

[12]ttps://global.oup.com/academic/product/history-of-precolonial-india 9780199491353?lang=tr&cc=au

insanlar, medeniyet temelli ulus anlatımız hakkında fikirlere sahiptir. Farklı *Jatiler (etnik kökenler)* olarak var olan, ancak vicdanda *Jana (insanlar)* veya uçsuz bucaksız kara kütlesinin insanları olarak birleşmiş olan ulus. *Bölünmeler vardı, ancak istilalar döneminde karmaşıklaştılar, ancak bunu Müslümanların ve ardından Avrupalıların, özellikle de İngilizlerin ve bazı bölgelerde Portekizlilerin geniş parantezlerine koymak aptalca olurdu. Fransızların da ilgilendiğinden bahsetmiyorum bile, ancak etkileri ve önemleri, bir dereceye kadar Hollandalılar, Danimarkalılar veya İspanyollar gibi ihmal edilebilir olarak kabul edilebilir.* Bugün Hindistan'da siyaset açısından Bharat fikri, geçmişin eski ihtişamını geri almak, batılı düşünce sistemlerine önem vermek değil, yerli bilgimiz aracılığıyla neler başarabileceğimize dair kendi fikrine güvenmektir ve bunun[13] için batı odaklı anlatılara gerek yoktur. Dinî kimlik ve kastın bu siyasette meşrulaştırılabilecek özel bir rolü vardır ve bu kaçmak ya da utanmak için değil, kucaklanmak için bir şeydir. Şimdi bize daha fazlasını gösterecek olan ekonomik bağlam geliyor. Ülkedeki her bireyin ekonomik durumu ile iç içe geçmiş bir siyasi süreç. Hukukun üstünlüğü veya yöneticilerin hukuku, Hindistan gibi bir ülke söz konusu olduğunda hissedilebilecek bir soru ve cevap zaten iyi bilinmektedir. Siyasetin durumu feodal olmuştur ve bugün bile hala öyledir. Herhangi bir durumu seçin ve hiyerarşinin çalıştığı örnekleri bulacaksınız. Hiyerarşi dinamiklerine, tipik Brahmanik yapıda olmayan bir şekilde baksanız bile, bugün Hindistan'ın siyasi ortamında marjinalleştirilenlerin güç kazandığı yer burasıdır, aynı mantık geçerli olabilir. Unutmamak gerekir ki, Hindistan siyaseti din ve kast üzerine kuruludur. Demokrasi ve genel olarak Hindistan'daki insanlar, bireysel görüşlerin kitlesel siyasi düşünce histerisinin hakim olma olasılığının en yüksek olduğu sığır sınıfı olabiliriz. Yine de Hindistan, yine de kendi başına yeni bir ulusal siyasi demokrasi kurmayı başardı. Hindistan'da yapı yaratmanın zorluğu tarihi ve kültürüdür, ancak dünyanın en büyük demokrasisi haline gelmiştir. Bununla birlikte, Gandhi ve Netaji arasındaki konuşma dili farklılıkları açıktı, ancak Hindistan'ı özgürleştirmek için ortak çabaları, çeşitlilik içinde birliğin temeli haline geldi. Hindistan'ın demokratik bir devlet olarak yolculuğu, büyüklük, dilsel ve dini heterojenlik ve sosyo-ekonomik farklılıklar gibi çeşitli

---

[13] *Tematik Oturum | Hindistan Hükümeti, Eğitim Bakanlığı*

engelleri aşarak yolunu bulmasıyla karakterize edilmiştir. Bu ülke aynı zamanda, iktidarın bir partiden diğerine barışçıl bir şekilde devredildiği ve böylece siyasi sisteminin gücünü ve yeteneğini vurgulayan başarılı düzenli seçimler yaptı. Bununla birlikte, bu eksikliklere rağmen, Hindistan demokrasisi tamamen mükemmel değildir. Örneğin, ulusun siyasi istikrarsızlık, dinler arası çatışmalar veya bölgesel anlaşmazlıklarla karşılaştığı zamanlar olmuştur. Aynı derecede önemli olan, Hindu milliyetçiliğinin yükselişi ve laik erozyon ile birlikte; Hindistan'da endişeler daha çok azınlık haklarının korunması ve çoğulculuğun korunmasına odaklanmıştır. Bununla birlikte, bu ülkenin karşılaştığı sayısız zorluğa rağmen, Hindistan, zengin kültürel mirasından yararlanan, ancak diğerlerinin yanı sıra demokrasi, laiklik, sosyal adalet gibi ilkeleri benimseyen yeni bir ulusal siyasi kimlik oluşturmuştur. 1950'de yürürlüğe girmiştir ve çok yönlü bir toplumun, içinde yer alan değerlerin teşviki ve savunulması yoluyla etkin bir şekilde yönetilmesini sağlar. Dahası, Hint vatandaşları, hakları için yorulmadan savaşarak demokrasisinin şekillenmesinde önemli bir rol oynamıştır. Bu ülke, burada bulunan aktif yargı organları ve hükümetin, tıpkı istedikleri zaman haber yayınlayan bağımsız medya kuruluşlarının yaptığı gibi, hükümetin insanlara karşı sorumlu olmasını sağlayan canlı sivil toplumlar olmadan bugünkü haline gelemezdi.

Hindistan, özerklik kazanmasının 75. yılını kutluyor; Bu kısa ve öz dönem, bu tür bir hükümet deneyinin başarılı olduğunu şüpheye yer bırakmayacak şekilde göstermektedir. Her şeye rağmen, zorlu olsa da, Hindistan'ın çeşitli doğasını koruduğu ve aynı zamanda istikrarlı demokratik rejimi sürdürmeyi başardığı çoğulcu toplumun varlığı devam ediyor; bu nedenle, çalışanlarının ve kurumlarının esnek dayanıklılığını ve uyarlanabilirliğini kanıtlıyor. Gelecekte, Hindistan demokratik ilkeleri üzerinde çalışmaya, nüfusun insan haklarını korumaya ve ekonomik eşitliği teşvik etmeye devam etmelidir.

Karmaşık kültürel geçmişe sahip, her şeyi kapsayan, sürdürülebilir demokrasiler inşa etmek isteyen diğer devletlere bunun nasıl başarılabileceğini gösterebilir. Hindistan yarını planlarken, kendi vatandaşları için ülkede demokrasinin kurulduğundan emin olmaya devam etmek zorunda. Bu sütunları güçlendirirse, Hindistan farklı kültürleri barındırabilecek demokratik kurumlar oluşturmaya çalışan diğer ülkeler için yararlı bir model olabilir.

Dünyanın en büyük demokrasisi olan Hindistan, tarihinde zaferler ve zorluklarla dolu olmuştur. Ülke düzenli seçimlere, barışçıl güç transferlerine ve canlı bir sivil topluma sahip oldu. Bununla birlikte, azınlıkların haklarının korunması, laikliğin zayıflatılması ve ekonomik eşitliğin artırılması konusunda endişeler hala var.

Bunu gerçeğe dönüştürmek için Hindistan, ırkları, dinleri veya sosyal statüleri ne olursa olsun herkes için insan haklarının desteklenmesine ve korunmasına öncelik vermelidir. Bu aynı zamanda adalete eşit erişim, konuşma ve ifade özgürlüğü ve muhalefet hakkını da içerir. Bu onaylanırsa, demokratik yapıların dayanıklılığını güçlendirmeye ve Hindistan genelinde hoşgörü ve karşılıklı saygıyı teşvik etmeye yardımcı olacaktır.

Bölüm 2: Anlatılar Oluşturma ve Toplumsal Ölçütü Belirleme.

Hikayenin anlatılma şeklini değiştirin; Kimin ya da kimin için olduğu önemli değil?

İnsan uygarlığıyla birlikte evrimleşen toplum, her zaman anlatılar yaratmakla ilgili olmuştur. Propaganda kelimesinin birçok yönden bilindiği şekliyle fikri, Roma günlerinden bu yana çok uzun bir süredir var olmuştur. Bir anlatı kurma fikri, Hindistan'da kimlik politikalarının yaratılmasında da ön saflarda yer almıştır. "Gandi'siz Hindistan" adlı kitap, anlatı siyaseti fikrinin nasıl var olduğuna dair bir nedendir. Hindistan'da kongre partisi fikrinin kendisi, bir İrlandalı'nın yardımıyla, Hintlilere adına konuşmak için bir gündem belirleme platformunun verildiği bir anlatı yaratmaya dayanıyordu, bu aynı zamanda o zamanki İngiliz Raj'ından bir anlatı oluşturma kavramı anlamına geliyordu. Yönetimlerinin ne kadar yardımsever olduğunu ve yerlilere ya da bize konuşmamız için nasıl ses verdiklerini gösterme fikri. Bununla birlikte, kongreden önce bile, anlatı kurma fikri, daha önceki Hint krallıklarından sömürge zamanlarına ve hatta bağımsızlıktan sonra bile oradaydı. Stratejist olarak sıkça anılan Kautilya, anlatı kurma kavramından da bahsetmiştir. Anlatı kurma fikri, sömürgecilik döneminden bu yana hız kazandı, çünkü bir başkasının yerini işgal etme fikri her zaman anlatılara dayanıyor. Anlatıyı manipüle etmek, üstünlük kavramı için her zaman çok önemlidir ve bu fikir bugün bile devam etmektedir. Bununla birlikte, toplumsal düzenin yaratılmasında bir anlatı kurmanın her zaman önemli olduğunu hatırlamak ve hatırlamak gerekir. Anlatının kimin için olduğu önemli değil, temsil edilip edilmedikleri önemli mi? Pekala, temsil edilen insanlar olarak fark edilmek gerekiyor, anlatıyı belirliyorlar mı, not etmek önemlidir. Değilse, o zaman her şey neyle ilgili? Hindistan siyasetinin sorunları, diğer birçok ulus gibi, anlatıyı belirlemek ve kimin için olduğu ile ilgili olmuştur. Gandhi, İngiliz raj döneminde harijanların veya dokunulmazlar ikonu olarak kabul edildi, hakları için savaştı ve sömürgecilerin bölünme ve yönetim engelini kırmaya çalışarak onlara temsil için ayrı bir koltuk vermeye çalıştı ve bir başlangıç olmuştu. Bununla birlikte, anlatı kurgusu ve kavga açısından daha büyük rol, her zaman marjinalleştirilenlerin nerede olduğu sorusu olarak kalır. Uğruna savaşın sürdüğü ve seslerinin duyulmasına ihtiyaç duyan insanlar. Benzer bir hikaye, bugün bile Hindistan'da bugünün senaryosu bağlamında yer almaktadır. Siyaset fikrinin, en azından anlatı yaratmada, çevrimdışından daha fazla çevrimiçi olduğu yeni bir dünya inşa ediliyor. Hindistan bu eğilimin bir istisnası değil ve muhtemelen bu eğilimdeki değişim 2014'ten bu yana geldi. Bir hikaye yaratma fikri her zaman ve gelecekte de aynı olması için tutarlılığı ile önemliydi. Bununla birlikte, hikayenin önemli kısmı, hikayenin bir parçası olan insanlar onun bir parçası olmasa bile, ne anlatıldığı ve hikayeyi kimin kontrol ettiğidir. 2014 yılında, hikaye anlatımı açısından yeni bir diriliş fikri daha iyi konumlandırıldı ve bu, 2004 kampanyası sırasında Bhartiya Janata Partisi için işe yaramadı. İktidar karşıtlığı mıydı yoksa **Lal Krishna Advani yönetiminde** parlayan bir Hindistan'ın hikayesi anlatılma şekli miydi, bu iyiye işaret değildi, ancak *"acche din" (iyi günler)* önerisi, bölüm yazılırken bile hattrick'ini tamamlayacak ve Gujarat başbakanı olarak ikonik varlığına sahip olan Hindistan'ın şu anki başbakanı **karizmatik Narendra Modi** döneminde çok daha iyi sattı. İkonik kelimesi burada anılmıştır, çünkü onun büyüsü altında, Gujarat'ın hepsi olmasa da en azından önemli bir kısmı, özellikle de siyasi sistem, birbiri ardına bir sürü topal ördek başbakanı ile bozulduğundan, endüstriyel sıçrama ve altyapı hamlesiyle birlikte dönüştü. Şimdi anlatı kurgusu ve hikaye anlatımı meselesine geri dönersek, daha önce de belirtildiği gibi **Mahatma Gandhi** olarak bilinen adam, Hindistan'da insanların en azından kitlesel ölçekte ilişki kurabilecekleri hikaye anlatma sanatında ustalaşıyordu. İletişimi kontrol altına almanın ve mesajı onlara uygun hale getirmenin sömürgeci yolu, ancak ilk kez Kızılderililer için anlatılıyordu, ancak alteast, Gandhi tarafından, kendisinden önce başka hiçbir liderin yapamayacağı kadar kitlesel ölçekte ele alınmıştı. Onun kişisel siyaset tarzı, katkısını küçümsemeden bir bireyin takdirine bağlı olarak eleştirilebilirdi, eleştirilebilirdi ve muhtemelen eleştirilmelidir. Ancak, soru odaklanmak için orada değil, soru hikaye anlatımının etkisidir.

Değişen zamanlarda iletişim yoluyla toplum üzerindeki etki

Hindistan federal bir ülke olduğundan, bölgeyi ve sınırları aşan bir iletişim kurmak her zaman bir zorluktur. Bugün hepimizin bildiği şekliyle Gandhi'nin adı, fikirlerini ülke çapında iletebilme biçiminden kaynaklanmaktadır. Eleştirilerden payına düşeni aldı, ancak mesajı kitlesel kampanyaları ve açlık grevleri açısından uzanıyordu. Bu fikir, Hindistan halkının çoğunu tanıyan ve bize kimlik duygusu veren ve bir Hintli olarak birlikte hissetmemizi sağlayan şu anki başbakanımız için de aynıydı. Sömürgecilik öncesi dönemde Gandhi'den önceki zamanlardan kalma iletişim fikri, güçlü krallıkların veya imparatorların belirli zamanları dışında kopuktu. İletişim teknolojisi yoktu ama iletişim her zaman vardı. Hindistan, çeşitliliği kabul eden insanlar tarafından her zaman daha iyi yönetildi, ancak birleştirici bir kimlik sorunu, Hindistan'daki herhangi birinin sahip [14] olduğu tüm iletişim ana planının peşinden koşan faktör her zaman olmuştur. Kolonizasyondan önce, usta planlamacılara bakarsanız, *Chanakya Kautirya ve himayesindeki Chandragupta Maurya'nın* bugün düşündüğümüz ve bildiğimiz gibi iletişim kurmaktan ziyade nasıl yönetileceğine dair fikirleri vardı. Gupta imparatorluğu yayıldı ve muhtemelen iletişim kurma biçimleri, statik olmanın yozlaşmış biçimi olmaktan ziyade mesleki becerilere ve uzmanlığa dayalı kast sistemini yaratmak olan bir kimlik duygusu yaratmaktı. **Güneyde, Chola krallığı**, emperyalizm var olmadan çok önce kültürel değerlerini yaymıştı. *Chandragupta'nın torunu Ashoka* tarafından kuzeyde sütunlar şeklinde yapılan tapınaklar, simge yapılar yaratma yolları, varlıklarının bilinmesini sağlamak için aynı fikirlere sahipti. Krallığın iletişim planının uygulanmasının tek yolu yaklaşım yoluydu. Bununla birlikte, insanların varlığını bilmelerini sağlamak ve kimliğin kabulünü yaratmak, onu tekdüze yapan şeydir. Bu nedenle,

---

[14] https://medium.com/@theunitedindian9/examples-of-unity-in-diversity-in-india-0edcd020a0d9#:~:text=India%2C%20with%20its%20rich%20variety,side%20by%20side%20in%20peace.

kimlik ve kimliği inşa eden şey üzerine iletişim fikri, unutulamayacak veya ihmal edilebilir bir şekilde bakılamayacak çok farklı bir manto alır. Bu nedenle, bu kitaptaki bölüm için ileriye giden yol budur. İletişim, toplumdaki etkinin önemli bir bileşeni olmuştur ve olmaya devam edecektir. Sömürgeciler, ister İngiliz ister Portekizli olsunlar ve bir dereceye kadar Fransızlar da, sömürge Hindistan'da önce iletişimi istediler ve kontrol ettiler. Sömürgeciler tarafından toplumsal birikim fikri, polisi, orduyu ve iletişimi kontrol edebilmeleriydi. Eğitim. Her ne kadar geleneksel ya da geleneksel ile batının kombinasyonuna odaklanan bazı bağımsız eğitim kurumları olmasına rağmen. Bununla birlikte, onların yönetimini doğrulamak, haklı çıkarmak ve empoze etmek için iletişim, iletişimi yaratma biçimleri ve milyonlarca yerliyi manipüle etmek için kontrol edilme biçimleri tarafından açıkça yönlendirildi. Hintliler için Hindistan fikri, modern iletişimin başlangıcı olsun, Mahatma Gandhi ya da Netaji'nin Avrupa ve Japonya'dan savaşı aşılamak için yaptığı konuşma olsun, ortaya çıktı. Bu, tüm dünyada tarihin yıllıklarında görülebilir. Kızılderililerin öz kimliğinin nasıl sunulması gerektiği ve bizim sunmak istediğimiz şey açısından bile, diğer sömürge uluslar gibi, hayal edilebilir ölçüde özgürlük mücadelesinin özü olmuştu. Bugün, Hindistan siyasetinde iletişimin özü açısından dini siyaset kavramı konuşuluyor, ancak bu, sömürge dönemlerinde son yüz yıldır ve binlerce yıl önce[15] dine dayanan Hint siyasi senaryosunun döngüsünün bir tekrarından başka bir şey değil. Hindistan'ın dolambaçlı sosyal bağlamını anlamak ve kavramak için, onu geçmişin ve bugünün parçalarına ayırmak daha kolaydır. Ne olduğu ve şimdi nasıl olduğu gibi, iletişimin önemi açısından geçmişe ve bugüne bakmanın sürekli bir yolu olması kaçınılmazdır, asla göz ardı edilemez. Ülkemizde, aynı iletişim, olağanüstü hal zamanlarında görüldüğü gibi, bağımsızlıktan sonra bile birçok kişi tarafından kontrol edilmeye çalışılmıştır. Özellikle Modi'nin liderliğinin başlamasından sonra sosyal medyanın ortaya çıkmasıyla medya anlatısını kontrol etmek, yeni bir çağ başladığı için yadsınamaz. Bununla birlikte, uzun vadeli çıkarımın ne olacağı, yalnızca deneyen tarihin yıllıklarında bulunabilecek bir şeydir. Hindistan'da işleyen demokrasi sistemi ve Hindistan'daki partilerin siyasi ideolojileri, ulusal politikada önemli olan

---

[15] https://www.britannica.com/place/India/Government-and-politics

çok az sayıda genç liderin, teknokratın veya sosyal aktivistin bulunduğu sömürge sisteminden çok fazla kalmıştır. Medyanın hakimiyeti, son on yıllık bir süredir devam eden propaganda için yeni seviyelere ulaştı ve eğer şimdi bir tavır almazsak, Hindistan ile Bharat arasındaki fark, yüzeysel olarak iyileştirilemeyecek kadar keskin olacaktır.

Hitler ve Stalin'in Ortasında: Yeni bir Hindistan için Trump ve Putin'in Ötesinde

Hindistan'ın yeni anlatısı, marjinal haberlere erişmenin daha zor olabileceği yeni bir teğet geçti. Diktatörlük rejimleri veya otokrasi dünyası, tarih boyunca kitleler halinde insanların bir avuç tarafından yönetilebileceğini veya sadece bir "el" tarafından yönetilebileceğini göstermiştir *(burada Hindistan Ulusal Kongresi için bir kelime oyunu amaçlanmamıştır).* Gerçekten de, faşist el selamının ünlü kaldırılmış eli görülebilirdi, ancak tüm bunların Hindistan için ne önemi var? Bunun nedeni, Hindistan kavramının, doğası gereği feodal olan bir demokrasi kavramı olmasıdır, yine de kentli olmayan büyük bir nüfus için, benim gibi kentli bir yazarın büyük ölçüde kavrayamayacağı bir kavramdır. Yine de, Hindistan nasıl işliyor? Bu alt bölümün başlığı olarak birkaç isim önerdi. *Nitekim Hindistan, bir zamanlar Alman anayasasından ödünç alınan ve Hitler'in faşist rejimi tarafından kullanılan anayasadaki olağanüstü hal hükümlerini kullanarak demokrasinin ortadan kaldırılmasıyla olağanüstü hal dönemiyle karşı karşıya kalmıştı.* Hindistan başlangıçta kırılgan bir demokrasi olmasına rağmen ve bugün hala yolda kekeliyor, ancak demokrasiyi en azından kağıt üzerinde sağlamlaştırdı ve hala soru işaretleri var. Ancak en önemlisi, merhum **Indira Gandhi** rejimi ve 2024'te halkın vekaletiyle bir dereceye kadar azaltılan şimdiki çoğunluk destekli seçim yetkisi dışında, Hindistan demokrasisinin hatalı olması hala işliyor. Bengal, Kerala ve Tripura gibi eyaletlerin uzun bir komünist temelli hükümet mirasına sahip olmasına rağmen, Bengal gibi eyaletlerde sosyoekonomiye yaklaşımlarıyla ilgili tartışmalar olmasına rağmen, Hindistan hiçbir aşamada tamamen sol komünizm veya aşırı sağ siyaset altına düşmemişti, ancak yine de Hint demokrasisi hayatta kaldı. Asıl soru, canlı ve daha da önemlisi her şeyi kapsıyor mu? Hindistan'ın bazı bölgelerinde kırmızı terör koridoruna sahip olmasına rağmen, bu koridor bir dereceye kadar azalmış ve bir dereceye kadar aşağı itilmiş olmasına rağmen, Bastar'ı çekirdek komünizmin bölgesi olarak kabul etmiştir. Hindistan'daki bazı eyaletlerde, özellikle de Batı Bengal'de, komünizmin parti çizgilerinin izlenmesi açısından

Stalinizmin izlerini taşıdığım söylenebilecek bazı eyaletlerde, ***Kolombiya'daki F.A.R.C.'ye*** çok benzeyen şiddet ve mücadeleleri. Bununla birlikte, demokrasinin ya da marjinalleştirilmiş kayıp insanların eylemde boğulması, bizi bu marjinalleştirilmiş insanların kim olduğu sorusuna götürecektir. Hindistan ulusu söz konusu olduğunda, *H.D.I. sıralamamız her zaman 130-140 aralığında dönmektedir ve bu da bizim için istatistiklerin bir tutam tuzla alınması gerekmektedir.* Asıl endişe, demokrasinin nüfusun büyük bir kısmı mücadele ederken ve acı çekerken gerçekten ayakta kalabilir ve hayatta kalabilir mi? Hindistan, yoksulluğun azaltılması konusunda Çin'den sonra bir mucize olan muazzam işler yaptı. Hindistan inanılmaz derecede iyi iş çıkardı, ancak soru Hindistan'da demokrasinin nasıl işlediğine veya şimdiye kadar nasıl işlediğine geri dönüyor. Sömürge dönemlerinde halk kitleleri Gandhi gibi ulusal bir yüzün vesayeti altındaydı ve bugün, en azından bir yüzü olmasa da, hala kitle temelli *(fizik değil)* bir demokrasiyiz. Rakamları telafi eden insanlar, onu dünyanın en büyük demokrasisi için yapar, ancak bunun ne kadar anlamlı olduğu her zaman bir soru olarak gündeme getirilmiştir. Temel ihtiyaçlar için mücadelenin hala devam ettiği bir ülkede, demokrasi hala sömürge zamanlarından kalan şeylere dayanarak işliyor. Hindistan, bu kadar çok soruna ve tabii ki çeşitliliğe sahip olmasına rağmen bu ülkenin nasıl işlediği yorumcular için her zaman kafa karıştırıcı olmuştur. Hindistan demokrasisi için ilk adımlar, muhtemelen sömürge dönemlerinde, Hindistan'ın ilk kitle lideri olan ve Hint demokrasisinin nasıl şekillendiğine dair silinmez bir iz bırakan Gandhi ile atıldı. Hindistan'da demokrasinin yolu, bir adamın bir kitleyi yönetmesi (demokrasinin yorumlandığı şekliyle) dönemi için belirlenen zihniyetten oyulmuştur. Gandhi'nin şiddetsizlik ilkeleri ve ahlak temelli yaklaşımı uygun bir şekilde göz ardı edilmiştir. Dolayısıyla, genel olarak, ilk adımımızın zamanlarından bu yana Hindistan'ın demokrasisi sorunu, sıradan insanların sayıları oluşturduğu kitle temelli ve kitle liderliğindeki bir sorun olmuştur ve fikir, sayılara dayalı bir demokrasiye öncülük etmek ve yaratmak olmuştur. Hindistan'ın gurur duyabileceği pek çok şey olduğu doğrudur, özellikle de Hindistan'ın belirli bir süre içinde özgürlüğü elde etmek için mücadele edeceği ve hatta çökeceği düşünüldüğünde, bir demokrasinin gelişmesi söz konusu olduğunda. Bununla birlikte, bir şekilde ve bir yerlerde, güçlü bir düşmana karşı şiddete dayalı olmayan yaklaşımına rağmen asla pes etmeyen Gandhi'nin boyun eğmez ruhu, bugün bile içimizde demokrasi ateşini devam ettirdi. Doğrudan demokrasi unsuru açısından en iyi sistem, Gandhi tarafından köy halkının sesini duyurma fikirlerine dayanarak tasarlanmıştır. Hindistan gibi ulusun ihtiyacıyla ya da onun fikriyle karışık geçmişin bir geleneği, birbirinden kopuk bir toprak parçasında emperyal sömürgeciliğin acı ama muhtemelen gerekli hapıyla birlikte geliyordu. Kitlesel olarak yönetilen doğrudan demokrasi fikri, ancak çok daha paydaş odaklı bir düzeyde, Gandhi'nin panchayat fikriydi ya da İsviçre kantonlarında açıkça görüldüğü gibi kendi doğrudan demokrasimiz içindi. Hindistan, 1,5 milyardan fazla insanın ülkesidir ve bizi Papua Yeni Gine dışında Hindistan'ın Asya'dan[16] en çeşitli olduğu 17. sırada yer alan bir çeşitliliğe sahiptir. Şimdi nüfusu ve dünyanın en büyük yedinci ulusunu ele alalım, bu da ABD'nin demokrasi mirasını atlamamıza yardımcı oluyor, bu bölümdeki orijinal gangster, gerçekten Kızılderili demokrasi dansı ya da demokrasi kisvesi altındaki kaos ve feodalizm dansı hala biraz övgüyü hak ediyor. Doğru, demokrasinin işleyişinin sorgulanabileceği ve muhtemelen sorgulanması gereken pek çok durum vardır: bizim demokrasimizin işleyişi de değer vermeye değer bir ayrıcalıktır. Gandhi'nin mücadelesi ve onun felsefi ve ahlaki duruşları hakkında çok fazla konuşuldu veya yazıldı ve bu yazı parçası için bu çabaya bu sıçramayı iten de budur. Ancak, başkalarının hayalini kurduğu yönetim biçimi fikri ne olacak? Genellikle Netaji ve Gandhi'nin iki farklı kamptan olduğuna dair bir söz ya da his vardır ki bu gerçeklerden en uzak şeydir. Aynı kamplardandılar ve bir hedefe yönelik çok farklı yaklaşımları vardı. İlki, " *pasif, agresif direniş biçimi"* açısından kitleye ve kitlenin gücüne liderlik etme biçimine inanan biriydi ve bu, lathi boyun eğen kahverengi derili polis gücü üzerinde bir tür ahlaki üstünlüğe sahipti, kendi kardeşlerini dövüyordu, beyaz ve bazen de kahverengi sahib tarafından komuta ediliyordu. Öte yandan, Netaji'nin ve onun gibi düşünen yoldaşlarının, özellikle de devrimcilerin, ya İngiliz efendileri tarafından sağlanan silahların gücüne, yani biz olan halk adına, sınırlı bir şekilde katılıyorlardı, ya da başka bir şey...

---

[16] *Dünyanın kültürel açıdan en (ve en az) çeşitli ülkeleri* | *Pew Araştırma Merkezi*

Değişim olun, eskiyi süpürün ve şunun yolunu açın: Özgürlüğümüz ve kendi kendimizi yönetmemiz için kan dökenlerin hayallerinden ayrıldık mı?

Bugün var olan Hindistan fikri, Hindistan'ın her yerine dağılmış olarak var olan yerli veya kabile gruplarından başlayarak, Kuzey'de, Batı'da ve Güney'de [17] kentleşmiş bir medeniyet biçimi olan evrimin toplamı olmuştur. Oysa Baktriya'ya veya Orta Asya bölgesine taşınan veya göç eden insanlar olmuştur. Bu, Aryanlar ile Dravidyalılar arasındaki yerlilere karşı istila teorisi tartışmasına girmek değildir, çünkü kitabın amacı bu değildir. İstila ve yerleşim söz konusu olduğunda, çok önemli bir rolü vardır. Hint tarihinin yolu, çok indirgemeci bir yoldan veya basitleştirilmiş bir yaklaşımla bakılırsa, en azından MS 1100-1200'e kadar kuzeyde veya güneyde olsun, Hindu krallıkları altında olduğu görülecektir. [18] Daha sonra İslami istila tüm Hindistan'a yayılmaya başladı, ancak bu eleştirilebilir çünkü Moğolların, Türklerin ve hatta Arapların yanı sıra Afganların yenilgisi dışında Gazneli Mahmud dışında Kerala'daki Moplahlar veya Sind'deki Arap istilaları gibi İslam inancına sahip insanlar vardı. Bu nedenle, ikinci sosyo-dini kültürel etki [19] dalgasının saldırısına karşı başarı ve yenilginin bir karışımı olmuştur. Delhi saltanatından bir zamanlar güçlü olan Babür İmparatorluğu'na kadar, Orta Çağ'dan modern çağın başlangıcına kadar feodal yol açısından Hindistan siyasi işleyişinin merkezinde yer almıştı. Bengal saltanatı, Maratha İmparatorluğu, Oudh veya Lucknow'daki Nawab, Mysore bölgesindeki Tipu sultanı, neredeyse iyi huylu Rajput krallığı ve Doğu Hindistan şirketinin Avrupa dizisi Hindistan kıyılarında demirlediği sırada küçük prens devletlerinin denklemleri olmasına rağmen. Bunlardan ilki ve en önemlisi, kıta altı

---

[17] *Eski Hindistan - Dünya Tarihi Ansiklopedisi*

[18] *http://www.geographia.com/india/india02.htm*

[19] *https://www.britannica.com/place/India/Society-and-culture*

kara kütlesinin bu yapbozuna katılmaya hevesli olan Fransız ve İngiliz Doğu Hindistan şirketiydi. Babür saltanatı altındaki Delhi'den gelen merkezi güç ya da sözde güç, düşüş aşamasındaydı ve son ayaklarının eşiğindeydi. **Rajput'un, Tipu'nun ve Marathaların bölgesel güçleri,** o dönemde *İngiliz veya Fransız Doğu Hindistan* şirketine milliyetçilik dozunu kullanarak bölgesel engelleri aşmasına yardımcı olmak için bir araya gelselerdi, kesinlikle ben ve bundan önceki diğer seçkin tarihçiler Hindistan ve alt kıta tarihi hakkında farklı bir hikaye yazardık. Hindistan her zaman organik olarak çok kültürlü olma sorununa sahip olmuştur, bu bize güç verir, ancak aynı zamanda birçok katmanlı tarihimizin ve bugün Hindistan'ımızı tanımlayan istila dalgalarının kaynağı olmuştur. Hindistan'ın kimliği, sömürge zamanlarından veya ondan önceki zamanlardan beri ve hatta bugün bile her zaman söz konusu olmuştu. Dini kimlik kavramı, kast siyaseti Hindistan'ı tanımlar çünkü Hindistan fikrini elde etmek ancak kast siyasetinin yanı sıra bölgesel engelleri veya dil kimliğini aşmaktan geçti. Bhima Koregaon olaylarından, az önce de belirtildiği gibi alt bölgeselciliğe kadar, bu **"serap ulusunu"** bir yapboz şeklinde yaratma fikrinin kendisi Hindistan olarak bilinen bir harikadır. **V.S. Naipaul ve A.L. Baisham,** *Winston Churchill'in* küçümsediği **parçalanmış ulusun nüanslarının aynasını tutan Hindistan'ın** özünü ve çeşitliliğini yakaladı. Gandhi'nin, ulusun resmi babası olmasa da, Babür imparatorluğunun çöküşünden bu yana iktidar boşluğundan muzdarip olan bu çeşitli kara kütlesinin en azından kitlelerini birleştirmenin ön saflarında yer aldığı doğrudur; Hindistan'daki bölgesel ve dini güçler tarafından, özellikle güneybatıda, Aurangzeb'den beri Maratha güçleri tarafından. Ashoka'dan Ekber'e kadar, yolculukları kan dökmek ve fethetmekle başlasa da, Hindistan'ı yönetmenin aşırılıkçılığını yönetmenin yolu olmadığını bilen sadece birkaç pratik veya daha doğrusu dinamik imparatorun örnekleri var. Hindistan'ın tarihi kalıpları, en azından son zamanlarda, muzaffer geçmişimizin hikayesinin ortaya çıkmaya başladığı, *Bay Sanjeev Sanyal ve Bay Vikram Sampath'ın* eserlerinin Hindistan'a yeni bir imaj getirdiği yeni bir sese kavuştu. Nüanslı bir Hindistan fikri, Dr. Shashi Tharoor tarafından veya Merhum Sushma Swaraj'ın yönetiminden Dr . *Jaishankar'ın* bugünkü zamanlarına kadar mevcut hükümet altındaki vizyon dış politikasının yeni dinamikleri açısından da ortaya atılmıştır. Dolayısıyla,

Hindistan'ın anlatıları değişiyor, ancak bizi Hindistan düşüncesine ve Hindistan'ın nasıl eşitlikçi olabileceğine götürecek bir soru var.

Gandhi ekonomisi, kırsal desi'den yeni sanayileşmiş ülkeye ve milyarder raj

Mohandas Gandhi'nin hayalini kurduğu Hindistan, orta ve küçük ölçekli endüstrilerin devralabileceği kendi kendini idame ettiren ekonomi fikrine dayanıyordu. Buradaki fikir, o zamanlar çoğunlukla emperyal Avrupa'dan gelen daha büyük şirketlerle eşit olan daha büyük işletmeleri durdurmaktı. O dönemden bakıldığında bu fikir tamamen yanlış kabul edilemez, ancak tamamen yabancı egemenliğinin zincirlerine bağlı olan kendi kendini idame ettiren bir Hindistan fikri. *"Atma Nirbhar" Bharat* olarak pazarlanan günümüzün kendi kendine yeten Hindistan fikri bu fikirden kaynaklanmış olabilir. Bugün Hindistan yetmiş beş yıllık siyasi bağımsızlığını aştı, ancak her zaman özgür mü sorusuyla karşı karşıya kalıyoruz. Bu çok yüksek bir el ve ayrıcalıklı bir konumdan geliyor gibi görünebilir, çünkü hükümeti eleştirme ve sorgulama fırsatım oldu ve özgürlük bununla ilgili. Özgürlük mücadelesi sırasında Hindistan fikrinin kendisi farklı görüşlere sahipti. Kendine güvenmeye ve kırsal ekonomiye geri dönmeye dayanan Gandhi ekonomi okulu vardı. Sonra Netaji Bose ve Nehruvian Sovyet tarzında sanayileşmeye dayanma yöntemi vardı. Neden emperyal batı değil de öncelikle sovyetler, Rusya'ya veya devrim sonrası Sovyet Rusya'ya ezilenlerin veya marjinal ülkelerin feneri olarak görüldü. Netaji'nin ilk olarak İkinci Dünya Savaşı sırasında Rusya ile denediği ittifak ya da Nehru'nun bağlantısızlık tutumunu sürdürmesine rağmen daha çok cemaat kampına taşınması ve son olarak Savarkar'ın Lenin'e el uzatması sadece münferit olaylar değil, aynı zamanda emperyal bir utanç olan ve şirket benzeri bir yapı tarafından kontrol edilmenin utancına karşı panzehir olabilecek eşitlikçi bir ekonomi yaratma fikri her zaman oradaydı. Kelimenin tam anlamıyla iyi ticaret yapmaya ve baharat satın almaya gelen bir şirketin tüm alt kıtayı **"satın alması"** bir ironidir. Yeni bir Hindistan fikrinin oyulduğu yer burasıdır, ancak biz bunu yazarken, bugün milyarder raj'dan bahsettiğimiz gibi, Ganj'dan çok fazla su geçti. Kendi rengimizden ve topraklarımızdan insanların artan eşitsizliğin ortasında serveti pekala istifliyor olabileceği İngiliz Raj'ına alaycı bir bakış. Raporlar, bugün Hindistan'ın sömürge dönemlerinden daha fazla eşitsizliğe sahip olduğunu gösteriyor. Özgürlük savaşçılarımız için daha ironik ve acı verici bir utanç ne olabilir, eğer hayattalarsa ya da ruhları için, artık aramızda olmayanlar için. Hindistan ekonomisi bugün, halkın yüzde 1'inin servetin yüzde 65'inden fazlasını elinde tuttuğu zirveye doğru eğilmiş durumda ve bu da ılımlı bir tahmin. Hindistan ekonomisinin şirketleşmesi, Avrupalı emperyalistlerden Hintli şirketlerin [20] çağdaş zamanlarına kadar tam bir döngü haline geldi. O zamanlarda, Doğu Hindistan şirketi Hintli prenslere onur ödüyor ve karşılığında vergi topluyor ve serveti boşaltıyordu. Bugün, ne yazık ki, Hindistan demokrasisi kisvesi ve çok partili, çok renkli siyasi bayraklar yelpazesi altında da durum farklı değil. Mohandas Gandhi tarafından önerilen Hint ekonomisi fikri, yerel güçlenme üzerineydi. Hindistan ekonomisi bugün bile birçok eyalette hala mücadele ediyor, ancak asıl endişe şu ki, şirketler ve siyasi ekip arasındaki gizli anlaşma, bugün bile **Winston Churchill'in** şüpheciliğini hatırlatıyor. Hindistan'ın bağımsızlık arayışı fikrini küçümsüyordu ve Hindistan'ın özgürleşmesi durumunda haydutlar ve yağmacılar tarafından yönetileceğini söyleyerek alay etmişti. Her ne kadar kelime oyunu kasıtsız olsa da, ironik bir şekilde, tahmini hedeften çok uzak değildi. Her ne kadar Hintli liderlerin samandan adamlar olduğuna ve bugün küresel senaryodaki olayların dönüşünün bir bükülmesiyle yönetime uygun olmadığına dair bir başka tahmin olsa da, etnik kökene göre Hint kökenli bir başbakan var. Ülkemizin bağımsızlığından bu yana Hindistan'ın siyasi dinamikleri **Roti, Kapda aur Makaan (Gıda, Giyecek ve Barınma)** temelleri ile vuruldu, ancak arada politikacılar hepsi olmasa da çoğunluğu zenginleşiyor. Oysa dünyanın en büyük demokrasisi olan Hindistan'ın, seçmenleri temsilcilerini seçmeye uygun hale getiren evrensel yetişkin oy hakkı sistemine sahip yaygarası. Bununla birlikte, soru, ekonominin gücüne ve sömürge zamanlarından bu yana gerçek siyasi makineyi kimin kontrol ettiğine iniyor. İktidarın sahipleri renk ve etnik köken olarak değişmiş olabilir, ancak gerçek değişim geldi mi? Hindistan'ın karşı karşıya kaldığı "raj sendromu" dinamiklerini ortaya çıkaran soru

---

[20] *https://www.bloomberg.com/opinion/articles/2024-03-25/india-election-billionaire-raj-is-backing-modi-and-leading-to-autocracy*

budur. Hindistan'da birçok insan için önemli olan gerçek değişim için gölgelerin altında çalışan insanlar, şöhret aradıklarından değil, kaybolmuş ya da söylenmemiş durumdalar. Yine de Hint siyaseti kavramı, yoksulluk ekonomisi ya da bizi yönlendiren Oligark olarak bilinen ahbap-çavuş kapitalist yapılar tarafından yönlendiriliyor. Hindistan'daki modern girişimci başarı hikayesi daha sonra ortaya çıkacaktı. Polonya'dan bir değişim öğrencisi bir keresinde Kalküta'da bana sordu, büyük bir binanın hemen altında evsizler ne kadar ironik bir şekilde uyuyordu. Batıda evsizler yok değil, ama şehirlerimizdeki çok sayıda ve çirkin kontrast, *Jolly LLB'de* harika bir şekilde tasvir edilen bir şey. Kırsal alanlardaki ıssız ve çorak iş olanaklarından kaçmak için kentin ışıklı alanlarına çekilen, marjinalleştirilen ya da görünmez olan birçok kişi için halktır ya da "zararlı" olabilirler. Adani'nin gecekondu inşaatını devraldığına dair son haberler, belirli şirketlerin kaprisleriyle bir şirket gibi faaliyet gösteren bir ülkede yaşadığımızı söylemek gibi. Başlıkta da belirtildiği gibi *Milyarder Raj* ve adaşı olan başka bir kitap ortaya çıktığı için, yoksulluk politikası yakın zamanda ortadan kalkacak gibi görünmüyor. Hindistan politikasının, halk için çalışan ve eşitlikçi kalkınma mantosunu üstlenmek isteyen adımlar atmak için uyanmasının zamanı geldi. Hükümet verileri yoksulluğun ve işsizliğin azaldığını gösteriyor ama gıda güvenliği ve açlık endeksi verileri bize Bangladeş ve Pakistan'ın altına düştüğümüzü gösteriyor ve garanti olarak üçüncü en büyük ekonomiden bahsederken, biz Hintlilerin birçokları için trollemeyi sevdiğimiz ulus, Bangladeş'in kişi başına düşen gelirde bizden birkaç yıl önce önde olduğunu gösteriyor! Bangladeş'in de bizimkiyle karşılaştırıldığında oldukça büyük bir nüfusa sahip olduğunu unutmamak için uygun bir bahane olan onların nüfusuna ve bizimkine bakan mantıklı bir yanılgı ortaya atılabilir, ancak bunu gururumuzun bir kalkanı olarak kullanıyoruz, 800 milyon insanın covid için ücretsiz erzak almasını rahatsız etmiyoruz, daha ziyade bu konuda vaaz veriyoruz. Bakın bu nasıl bir başarı?! ve retorik ancak o kadar ileri gidebilir ki, hem görevdeki hem de muhalifler bile suçludur. K veya V grafiklerinin ekonomi politikasını unutun, her yerdeki insanların temel ihtiyaçların karşılanmasına ihtiyacı var ve Hindistan, 200 yıldan fazla bir süredir mücadeleyle savaşmaktan farklı değil.

Hey Ram'dan Ram Rajya'ya kadar Hindistan'ın IPL (Hindistan Siyasi Birliği)

Hint siyasetinin, Haryana'da bir gecede birden çok kez veya tam olarak yaklaşık 4 kez değişen Ram adında bir kişiye dayanan *"aaya ram, gaya ram"* gibi devam eden çok kötü şöhretli bir sözü vardır. Churchill'e geri dönersek, Hint liderliğini her zaman küçümsedi. Biraz önce bahsettiğim şeye inandı. Bir ülkede 44 günlük bir süre içinde seçimlerin yapıldığı hala dağınık, çeşitli ve tuhaf bir mesele olarak kabul edilen Hindistan siyaseti!! Hayal edin ki!! Her ne kadar tek bir ulus için yetki getirmenin geleceği ortaya çıkarsa da, bunu mümkün kılmak için dünyadaki tüm ulusların en büyüğü olacak bir seçim Hindistan'da bir seçim gerçekleşirse her şey değişebilir. Özellikle Hindistan siyaseti, aynı adamın söz konusu demokrasinin ideolojisini veya ahlakını umursamadan siyasi parti değiştirdiği bir siyaset olmuştur. Batı demokrasilerinde bu hayal bile edilemezdi: Ancak Hindistan'da daha çok Hindistan Premier Ligi'nden bir oyuncunun Kriket çılgınlığı, Hindistan yaz sirki gibi spora sarılmış, en çok fayda sağladıkları parti için forma renklerini değiştirmesi, franchise forması gibi. Winston Churchill'in öngörüsü, Hint demokrasisi için daha kehanet niteliğinde ve uygun olamazdı. Parlamento üyelerimiz aleyhindeki ceza davalarının yüzdesi, Güneydoğu Asya'da Singapur'a kadar tartışılıyor. Her ne kadar Hindistan'ın ve şu anki liderinin, hayattan daha büyük bir imaja sahip olduğu da doğru olsa da, Çin gibi otokratik bir toplumun saldırgan duruşuna karşı koymak için sözde "demokratik" bir Hindistan'ı etkilemek isteyen batılı ülkeler tarafından da tanınma ve ün kazandı. Ülkemizin temeli, belirli olaylara, sorgulanabilecek liderlik insanlarına dayandırılmıştır, ancak onlara toplumun ilk koruyucuları olmanın avantajını vermek için, ne kadar kırılgan veya sorunları olursa olsun, Hindistan demokrasisinin çerçevesi oluşturulmuştur. Hindistan'ın kendi yanılgıları olan bir demokrasi olabileceği fikrinin, beyaz İngiliz erkeklerinin ruhunun alanında olması asla beklenmiyordu. Alt kıta halkına yönelik ırkçı hakaretler açısından **'Pakis'ten** ayrı olarak bildiğimiz şekliyle **'Wogs'**, son birkaç yıldır medya özgürlüğü ve demokrasinin kalitesi konusundaki iddiaları Batılı düşünce kuruluşları, medya kanalları vb. tarafından sorgulansa da, bocalayan demokrasisine rağmen hala çabalıyor ve mücadele ediyor. Bugün bu sömürgeci efendilerin, özellikle de İngiltere'nin topraklarının ve başkentinin Londonistan olarak adlandırılması farklı bir hikaye. *Ataları Pakistan'da olan Sadiq Khan'ın Londra'da belediye başkanlığı ve İngiltere ekonomisinin batmakta olduğu ve suçların arttığı bir dönemde 10 Downing Street'te Rishi Sunak'ın belediye başkanlığı, korkusu Güney Afrika doğumlu İngiliz kriket oyuncusu Kevin Pietersen'i soygun korkusuyla kol saatini atmaya sevk etti.* Şimdi, dünyanın en büyük demokrasisi olan Hindistan'a geri dönmek, doğası gereği hala feodal, güç dinamiklerinin hala birkaç kişinin elinde olduğu ve hala Kabilelere, Dalitlere ve Namashudralara veya alt kasttan insanlara ait insanlara atfedilen kimlik sorularının hala bulamadığımız bir soru olduğu bir soru. Hindistan'ın ilk başbakanı olan Nehru, Gandhi'ye yakın olmasına rağmen, Anglofil olmanın kendi yollarına sahip biriydi ve yaklaşımı elitistti ve daha iyi bir kelime olmadığı için İngilizleştirilmiş veya batılılaşmış biriydi, tıpkı MD gibi. İronik bir şekilde Pakistan'ın yaratılmasının öncüsü olan Ali Cinnah, sigara ve içki bağımlısı olmasına rağmen Müslümanlar için ayrı bir toprak istedi. Söylenen ve yapılan her şey, din, sömürge öncesi zamanlardan bu yana bir süre Hint siyasetinin kimliğinin merkezinde yer aldı ve yalnızca Avrupalı veya İngiliz sömürgeciler tarafından izlerini veya silinmez izlerini bırakan üçüncü ve son güç olarak kullanıldı. Ayodhya tapınağının inşası ya da Ram Rajya'nın ya da en önemlisi Hey Ram'ın bir selamlama işareti olarak yaratılması, Hindistan siyasetinin sözde sağcı yelpazesiyle uyumlu bir siyasi kimliğin işareti haline geldi. İronik bir şekilde, daha önce de belirttiğim gibi, ülkenin bölünmesinden sonra Gandhi tarafından aşırı sağcı bir kanat olan Nathuram Godse tarafından söylenen **Hey Ram** kelimesinin aynısıydı. Hint alt kıtasında zaman çok uçtu ve ne sosyalizmin hilesine ne de sahte milliyetçiliğe düşme hatasına düşmemeliyiz. Her ikisi de bir araya getirildiğinde, yine de dünya tarihinin dinamiklerini değiştiren kötü şöhretli **NAZİ** rejiminin gösterdiği gibi, daha da tehlikeli kokteyl etkileri vardır. Adolf Hitler ile el sıkışan tek Hintli özgürlük savaşçısı olan Netaji Bose, "Ülkemi özgür kılmak için şeytanla bir anlaşma yapmaya hazırım" demişti. Gandhi ve Subhas Chandra Bose, Hindistan'ın en önde gelen özgürlük savaşçılarından ikisiydi ve belirgin mesajları zıt kutuplarda gibi görünüyordu. Yine de daha yakından bakıldığında, pragmatizmlerinin ve ilkelerinin Hindistan'ın bağımsızlığını elde ederken karşılaştıkları benzersiz durumlarla şekillendiği görülüyor.

Bölüm 3: Daha iyi bir gelecek umuduyla geçmişin bugünle buluştuğu Hindistan'ın Yapbozu ve Bilmecesi.

Mitoloji, Efsaneler ve Hint sosyo-politik ikilemi

Hindistan, kuşkusuz kolektif kimliğimiz anlamında ve hatta işgalcilere veya sömürgecilere karşı mücadelemizde bize yardımcı olan bir mitoloji ve efsaneler ülkesidir. Hindistan'ın bir ulus olarak fikri, topluma sızan çoğu sömürge sonrası ulus gibi, atfedilen bir kimlik senaryosuna sahiptir. Hindistan fikrinin tamamı, hikayeler, kast bölünmeleri, kimlik iftiraları ve Hindistan dediğimiz kolektif "yapboz" ya da tarihsel olarak kendimize ait olduğunu iddia ettiğimiz, ancak şimdi bölgesel anlamda diğer ülkeler olarak şekillenen, hala Hindistan'dan belirli köklere tutunan ve yeni bir kimlik belirlemeye çalışan parçalar şeklinde bu şekilde oyulmuştur. Söylenen ve yapılan her şey, Hindistan, bu **"serap ve mucize ulusuna"** her zaman peşinden koştuğu kimlik duygusunu veren efsaneler ve folklor geleneğinde devam ediyordu ve büyük olasılıkla devam edecek. **Jai Shree Ram** veya **Bajrangbali'nin** çığlıkları sadece dini bağlılığın çığlıkları değil, aynı zamanda sömürge mücadelemiz sırasında Vande Mataram veya Jai Hind veya muhtemelen Rajput ve Marathaların **"Jai Ekling Ji ki Jai"** veya **"Har Har Mahadev"** veya **"Allahu Ekber"** gibi günümüzde birleştirici bir kimlik arayışı ve girişimidir. İngilizler ya da Avrupalılar, **"Ya kral için ya da toprak için"** diye kendi savaş çığlıklarını attıklarında ve hepimize boyun eğdirdiklerinde, biz sömürgeleştirilmiş ya da sözde mağlupların geçmişimizden ilham alma ve emperyalist güçlerin kibir ya da üstünlük kompleksi tarafından katıksız ya da dokunulmamış görkemli yerli kimliğini el üstünde tutmanın zamanı gelmişti. Bütün bunlar bizi, dini, mitolojimiz veya folklorumuzun efsaneleri şeklinde erkek ya da kadın olsun, şanlı kahramanlarımızı aramaya geri götürdü. Gandi'nin pasif direniş ve sivil itaatsizlik tarzının diğer yelpazesinde yer alan Hindistan devrimcilerinin sığındığı vahşi tanrıça Ma Kali'nin hikayesi. Bir zamanlar takım elbise giyen ve Zulu isyanına karşı İngilizleri destekleyen Mohandas Gandhi'nin, felsefeleri dışında bu konuda ne düşüneceğini kesinlikle söylemeye gerek yok. Her zaman düşündüm ki , **Tipu Sultan, Rajput'lar ve Marathalar,** hepsi farklı savaş çığlıkları olan ve kendi folklorları dışında kendi mitolojileri veya dini yakınlıkları olan hepsi bir araya gelseydi ne olurdu? Çocuksu bir fanteziyle, Avrupalıları ve özellikle İngilizleri kovardık. Fransızların yardımını alan Tipu Sultan, İngilizlere karşı savaşı için kullanılan küçük roketler ve topçular üzerine ilk girişimlerini çoktan yapmıştı. Danimarka'da, İngiltere'de belirgin olan batılı ulus biçimi fikri, Hindistan için genellikle gözden düşmüştür, çünkü batılı bölgesel temelli ulus kavramları Hindistan'da **"Tek Bayrak, Tek Marş ve Tek Cetvel" altında hiçbir zaman belirgin olmamıştır.** [21]Hindistan ve batı tarihçileri, özellikle de İngilizler tarafından bir çatallanmaya işaret eden 1857 yılı bile, kendi sınıflarına sahip olan ünlü tarihçi **Niall Fergusson** veya **William Dalrymple'dan** bahsetmiyorum bile, bu zaman olayını genellikle bir ikiliye indirger. Hint anlatısının *"Birinci Hint Bağımsızlık Savaşı"* veya batı/İngiliz anlatısı *"Sepoy/Asker İsyanı"* olarak ikili çalışması. Cevap arada bir yerde yatıyor. Coğrafyalara bölünmüş geniş bir toprak parçasını, dil ve kültürü İngilizlere karşı isyanda bir araya getirmenin kıvılcımlarını taşıdığı ve başlangıçta onlara acı bir karşılık verdiği doğrudur. Aynı şekilde, bu olaydan itibaren başlatılması beklenen milli coşkunun yolu da ülkenin büyük bir kesiminde talep edildiği veya beklendiği gibi gerçekleşmedi. Bunların hepsi varsayımsaldır ve eğer gerçekleşmiş olsaydı, Hindistan Latin Amerika ülkeleri gibi birçok eyalette bağımsızlığını elde ederdi ya da bir anlaşmaya varılırdı. Ne var ki, 1857 olayının hem uzun hem de kısa vadeli etkileri olan sonuçları olmadığı söylenemez. Kısa vadeli etki, nihayet Hindistan'ın İngiliz tacı altına girmesi ve İngiliz Hindistanı olarak bilinmeye başlamasıydı ve uzun vadeli etki, ulusal siyasetin şekillenme şekliydi. Daha önce de belirttiğimiz gibi bu savaş sloganlarıyla başladık ve 1900'lerin başından bu yana, özellikle ikinci on yılda, Gandhi'nin kitlesel önderliği altında pasif direniş ve sivil itaatsizlik yolunun etrafında döndükten sonra, Vande Mataram ve Jai Hind'in de orada olmasına rağmen, bir kez daha sloganlara geri dönüyoruz.

---

[21] *https://www.newindianexpress.com/magazine/voices/2023/Sep/16/constitution-national-symbols-only-glue-that-bind-india-that-is-bharat-2614898.html*

Hindistan, Vini, Vidi, Vici?!: Sportif ve kültürel zafer için avlanmak.

Almanya'daki değişim çalışmalarım sırasında, Hindistan'ın spor dünyasında nerede olduğu konusunda kısır olmasa da oldukça dostane bir şekilde alay edilirdim. Kitabın adı Gandhi tarzı ve Hint siyaseti ve sosyo-dinamikleri hakkında, peki spor tartışması nerede ortaya çıkıyor? Cevap, öyle olduğunu söylemekte yatıyor. Dünyanın dört bir yanındaki tarih kitaplarını ele alırsanız, tüm sömürgeleştirilmiş, marjinalleştirilmiş veya boyun eğdirilmiş uluslar, spor aracılığıyla her zaman ulusal kimliklerini bulmanın ve zalimlere karşı varlıklarıyla gurur duymanın yollarını bulmuşlardır. Haziran 2023'te [22]dünyanın en kalabalık ülkesi haline gelen Hindistan, yaklaşık olarak çok uzak ve arada kalan bir spor ihtişamına sahip. Hindistan siyasi cephesiyle nasıl bir bağlantısı var? Gandhi'nin barışçıl siyasi şiddet araçları kitlelere sızdı ve bir kitle hareketi yarattı. Bununla birlikte, insanların fiziksel değil zihinsel güce odaklanan bir yerde daha pasif ve daha zayıf ruhlu hale geldiği bir kitle kültürü yarattı mı? İkincisinin kendi önemi vardır ve Gandhi'nin spor dünyasındaki Hint performansını nasıl haklı çıkardığı gülünç olarak kabul edilebilir. Ulusal bir kültürün bir ruh yaratmada çok önemli bir rol oynadığı unutulmamalıdır. Tarihsel olarak aynı zamanda bir yerleşimci kolonisi olan Avustralyalılarla mücadele etmenin farklı bir zihniyete sahip olduğunu hayal edin. Hindistan'da siyaset oyunu, Hindistan'da oyunların veya spor federasyonlarının siyaseti haline geldi. Silahlı devrimcilerin ön saflarında yer alabilecek ve ihtiyaç duyulan bir kitle spor kültürü yaratmanın yanı sıra eksikti. Fiziksel olarak agresif olmaya ve aynı zamanda savaşçı bir ruha sahip olmaya odaklanması gereken spor kültürünün etkisinin, muhtemelen 1983 yılında Kriket Dünya Kupası'nın ilk kolektif başarısıyla gerçekleşen gelişmesi yıllar aldı. Bundan önce, Hintli erkek hokey takımıyla olan mirasımız 1980'lerin Moskova Olimpiyatları'na ve bağımsızlık[23] sonrası Hintli bir

---

[22] https://www.bbc.com/news/world-asia-india-65322706#:~:text=India's%20population%20has%20reach%201%2C425%2C775%2C850,census%20%2D%20was%20conducted%20in%202020.

[23] https://olympics.com/en/news/wrestling-first-indian-win-olympic-medal-1952-kd-jadhav

KD Jadhav'ın ilk madalyasına kadar devam etti. Ancak, daha önce de belirttiğimiz gibi, yapamayacağımız bir şey olabilirdik. Hindistan'ın bariz bir şekilde eksik olduğu dünyanın en büyük sporunu geliştirmenin zorluklarını getiren **"Maidaan"** filminden, bahsedilen spor politikaları da dahil olmak üzere Hint sporunun geride kaldığı konuları vurguluyor.[24] Gerçek anlamda, güreşçilerin o zamanki cumhurbaşkanı Brij Bhushan'ın cinsel tacizini protesto etmek için geldiği Hindistan Güreş Federasyonu sorunu, oğlunun dümende onun yerini almasından başka bir şeyle sonuçlanmadı. Hindistan'ın onurlu yüksek mahkemesi olan Tüm Hindistan Futbol Federasyonu da dahil olmak üzere Hindistan'ın diğer spor federasyonu ile ilgili konular, hükümet müdahalesi nedeniyle Hindistan'ı geçici olarak yasaklayan FIFA ile müdahale etmek zorunda kaldı. Khadi, meritokrasinin birçok yönden adam kayırmacılığa karşı defalarca düştüğü Hint sporlarına doğru yol almıştı ve öncelikle diğer bölgesel sinema endüstrisinden ayrı olarak Mumbai filmlerinde beyaz perde hikayelerine yol açmıştı. Sinemadan bahsetmişken, Satyajit Ray'in röportajında bahsettiği ***"Hintli izleyiciler geri kalmış"*** ifadesini hatırlıyorum. Bunu belirterek bir aşırı basitleştirme duygusu var, ancak fikrin hala geçerli olabileceğini söylemeye gerek yok. Hindistan'dan gelen müzikal filmler, sınırlarımızın ötesindeki pek çok kişi için hala biraz hayranlıkla veya küçümseme duygusuyla düşünülebilir. Bununla birlikte, bunun, film izleme biçimleriyle açıkça Fransız ya da Alman olmayan insan kitleleri için hikayelerimizi ilerletmek için bir nedeni vardı., Hindistan'daki sert hit filmler genellikle bu tür bir himaye görmez çünkü genel olarak, bir dereceye kadar kendimiz gerçeklik tarafından depresyonda hissetmiyoruz ve film sadece bir kaçış modu olarak görülüyor. Mumbai'den biraz şarkı, müzik, dans, drama, şiddet içeren "masala" filmleri, toplumun çeşitli özlemleri için serpiştirilmiş bir şekilde gösteriliyor ve Hindistan'da böyleler. **"Maachis"** den **"Udaan"** a **kadar,** Malayalam, Marathi, Bengalce, Tamil, Gujarati ve Telugu filmlerinden gelen mücevherler dışında Mumbai endüstrisinden birkaç film oldu. Bir Oscar, ister Hint kökenli bir film için olsun, ister tamamen Hindistan'da veya Hindistan'dan yapılmış bir film için olsun,

---

[24] https://www.thehindu.com/news/national/delhi-court-frames-charges-against-ex-wfi-chief-brij-bhushan-singh-in-sexual-harassment-case/article68199335.ece

bir Hint filmi için mutlaka bir ölçüt anlamına gelmez. Soru şu: Toplum olarak "Kardeşim Onir" gibi konuları gündeme getiren filmler yapmaya hazır mıyız?

Ek Bharat, Shrestha Bharat: Tek Tip Medeni Kanun için Tek Millet-Bir Seçim, Hindistan'ın "Birlik İçinde Çeşitlilik" kavramı basitleştiriliyor mu?

Hindistan fikri, çeşitliliğin bir kutlama nedeni olduğu kadar aynı zamanda çatışmalarımızın da bir nedeni olduğu bir fikirdir. Kızılderililik kavramı veya ulus kavramı, sömürgeleştirilmiş dominyonlara her zaman meydan okuyan bir şeydir. Özellikle Hindistan ya da belki Nijerya gibi bir ülkede ve diğer birçok Afrika ve bazı Asya ülkelerinde Hintlilik fikri geliştirildi, ancak bu aynı zamanda orada olmadığı anlamına da gelmiyor. Bu unsurlar oradaydı ama bölgesel sınırlar, bir bayrak, marş ve seyahat için birleşik bir pasaport şeklinde değildi. Daha önce de belirtildiği gibi, bu tür unsurlar, sömürge sonrası bir ulus için hediye edilmiş sömürge kalıntılarından başka bir şey olmayan yeni ve batılılaşmış bir şekilde geldi. Şimdi, 75 yıllık Bağımsızlığı tamamladıktan ve bir Cumhuriyet olduktan sonra, *"Bhartiya"* olma kavramı gerçek bir meydan okuma oldu. Kitleleri bu anlamda gerçekten harekete geçirebilecek ilk Hintli kitle liderinin, kitaba adını veren Gandhi olduğu söylenebilir. Hindistan'ın her yerinde popüler liderler vardı, ancak Hindistan'ın her yerinde insanları gerçekten harekete geçirebilecek olan kişi bölgelerde sınırlıydı. Her zaman orada olan bu boşluk, ilk kez, kendi kendini yönetme çabasının şiddet içermeyen bir yolunu sınırlayan, kendine özgü ahlakı olan Gandhi tarafından ele geçirildi. Devrimcilerin benimsediği şiddet ya da saldırı odaklı yaklaşım açısından Britanya imparatorluğunu tehdit etmeyen bu tür bir yaklaşım, devrimciler terörist olarak nitelendirilirken ya da marjinal unsurlara dönüştürülürken, Hindistan'da ve yurtdışında medya ve basın tarafından itilmek için de ona uygundu. Sanjeev Sanyal'ın kitabı, devrimciler fikrini ve Gandhi'nin yoluna bir antitez olan özgürlük için savaşma biçimlerini zaten ortaya koydu. Ramachandra Guha, Gandhi'den önce ve sonra ulusal bilinç birikimi yolunda Hindistan ve özü hakkında konuşmuştu, ancak Gandhi'nin olmadığı bir Hindistan hayal edebilir miyiz? Kitabın devreye girmeye ve Hindistan'ın anlamını bulmaya çalıştığı yer burasıdır ve bu da Gandhi veya Gandhi'nin özü olmadan bir girişimdir.

Kızılderili tarzı, coğrafi toprak parçası için savaşacak ulusal bir bilincin var olduğu şekilde hiçbir zaman gerçekten var olmamıştı. Kültürel alışverişler ve organik olarak orada olan seyahat şeklinde oradaydı, çünkü böyle bir engel yoktu. Bununla birlikte, alt kıtanın kayıtlı insan uygarlığı tarihinin başlamasıyla birlikte, işgalcilerin, yağmacıların veya yabancıların gelişiyle hızlanan binlerce yıllık bir süre boyunca uygarlık açısından farklılıklar ortaya çıkmaya başlamıştı. Bu tür bir tarih, az ya da çok dünyanın her yerinde bulunan her ulusun tarihinde bulunabilir. Şimdi Hindistan'ı hukuk, dil, yemek alışkanlıkları ve milliyetçi kimlik açısından tek tip hale getirme sorunu, iktidardaki BJP (Bharatiya Janata Partisi) tarafından bir proje olarak ele alınıyor. Tüm Hindistan'ın bir kitle olarak seferber edilmesi fikri, 1922 itaatsizlik hareketi sırasında zirveye ulaşan herhangi bir düzeydeki ilk ulusal hareket duygusu olan Gandhi tarafından başlatıldı. Bu tür son girişim 1857 yılında, imparatorluk döneminde ilk kez Hindistan'ın her yerinde olmasa da, sivil katılım sorununun sorgulanabileceği belirli bölgelerde halk hareketinin olduğu zamandı, ancak bu süre zarfında Delhi bölgesindeki 1857 katliamı ve sonralarından bahsedilmesinde bulundu. Şimdi, Hindistan'ın ulus için tek tip politikalar yaratma açısından birleşmesi sorunu, federal yapının artık bir zayıflık değil, daha çok güce dönüştüğü yeni bir Hindistan'ı yeniden tasarlamak isteyen mevcut hükümetin attığı adımlardan sadece birkaçıdır. Bununla birlikte, sadece anayasal çerçeveyi değiştirerek Hindistan'ın çeşitliliğini basitleştirip basitleştiremeyeceğimiz sorusu her zaman devam etmektedir. Hindistan'ın değişen ulusu için değişen zamanlar, görevdeki siyasi olarak seçilmiş hükümeti tarafından deneniyor, sıfırlamaya çalışıyor, ancak bu güven verici mi yoksa kaotik mi olacak? Cevabı gelecekte olduğu için bu bilmediğimiz bir soru, ancak demokrasi endeksindeki düşüşümüz ve hükümetin kendi endeksini oluşturmak için verdiği yanıt, satır aralarında okunması gereken bazı sinyaller. Hindistan, sömürgecilikten önce demokrasi unsurlarına sahipti ve gelecek konusunda da dikkatli olmalıyız ki bir daha asla kaybedilmesin. Bu pragmatizm, şiddetsizlik ve kendini arındırma konusundaki temel inançlarına sıkı sıkıya bağlı kalırken, değişen siyasi iklimle birlikte stratejilerini değiştirme yeteneğinde kendini gösterdi. Buna karşılık, daha militan bir milliyetçi olan Netaji Bose, Hindistan'ın özgürlüğünü elde etmek için silahlı mücadelenin gerekli olduğuna inanıyordu. Bu pragmatizmin sonucu, Nazi Almanyası ve Japon İmparatorluğu gibi yabancı güçlerle ittifaklar kurarak davasında desteklerini almasında belirgindi. Bu, Bose'un ünlü sözüyle özetlenmiştir: "Bana kan verin, size özgürlük vereceğim", bu da İngiliz yönetimine karşı silahlı direnişin yürütülmesi gerektiğine olan inancını gösteriyor. Bununla birlikte, Gandhi'nin yaklaşımı ile Netaji'nin buna karşı tutumu arasındaki bu farklılıklara rağmen, her iki adam da aynı amaca ulaşmak için çabaladı; Hindistan'daki sömürge yönetiminden kurtuluş. Kendi ideolojilerini, egemenlik mücadelesi sürecinde karşılaştıkları zorlukların yanı sıra yaşam deneyimleri yoluyla geliştirdiler. Kitleler Gandhi'nin şiddet içermeyen duruşunun arkasında harekete geçti ve Hindistan davasına küresel sempati kazandı, bu arada etrafındaki siyasi dinamiklerin değişmesi söz konusu olduğunda bazı temel ilkelerden uzaklaşmaya yetecek kadar pratik kaldı. Buna karşılık, Bose, pasifist yaklaşımın, özellikle hemen bir sonuç isteniyorsa, İngiliz engelleri içinde işe yaramayacağını fark etti.

Bununla birlikte, nihayetinde, her ikisi de - Gandhi ve Bose, özgürlük mücadelesi bağlamında Hint ulusunun inşasında önemli roller oynadılar. Bu, ideolojilerinin ne kadar farklı olduğunu ve her ikisinin de Hindistan'ın özgürlüğü ile ilgili koşulları ele alırken ne kadar pragmatik olduklarını gösteriyor. Gandhi ve Subhas Chandra Bose, Hindistan'ın en önde gelen özgürlük savaşçılarından ikisiydi ve belirgin mesajları zıt kutuplarda gibi görünüyordu. Yine de daha yakından bakıldığında, pragmatizmlerinin ve ilkelerinin Hindistan'ın bağımsızlığını elde ederken karşılaştıkları benzersiz durumlarla şekillendiği görülüyor. Şiddet içermeyen sivil itaatsizlik hareketiyle tanınan Gandhi ise barışçıl bir şekilde kendi kendini yönetmeye geçiş yolunu benimsemiştir. Hakikat ve şiddet karşıtlığına dayanan Satyagraha felsefesi, insanların kalbine dokundu ve Hindistan bağımsızlık hareketine de uluslararası destek kazandı. Bu pragmatizm, şiddetsizlik ve kendini arındırma konusundaki temel inançlarına sıkı sıkıya bağlı kalırken, değişen siyasi iklimle birlikte stratejilerini değiştirme yeteneğinde kendini gösterdi

Buna karşılık, daha militan bir milliyetçi olan Netaji Bose, Hindistan'ın özgürlüğünü elde etmek için silahlı mücadelenin gerekli olduğuna inanıyordu. Bu pragmatizmin sonucu, Nazi Almanyası ve Japon İmparatorluğu gibi yabancı güçlerle ittifaklar kurarak davasında desteklerini almasında belirgindi. Bu, Bose'un ünlü sözüyle özetlenmiştir: "Bana kan verin, size özgürlük vereceğim", bu da İngiliz yönetimine karşı silahlı direnişin yürütülmesi gerektiğine olan inancını gösteriyor. Ne var ki, Gandi'nin yaklaşımı ile Netaji'nin bu konudaki tutumu arasındaki bu farklılıklara rağmen, her iki adam da aynı sonu, Hindistan'daki sömürge yönetiminden kurtulmayı hedeflediler. Kendi ideolojilerini, egemenlik mücadelesi sürecinde karşılaştıkları zorlukların yanı sıra yaşam deneyimleri yoluyla geliştirdiler. Kitleler Gandhi'nin şiddet içermeyen duruşunun arkasında harekete geçti ve Hindistan davasına küresel sempati kazandı, bu arada etrafındaki siyasi dinamiklerin değişmesi söz konusu olduğunda bazı temel ilkelerden uzaklaşmaya yetecek kadar pratik kaldı. Buna karşılık, Bose, pasifist yaklaşımın, özellikle hemen bir sonuç isteniyorsa, İngiliz engelleri içinde işe yaramayacağını fark etti. Bununla birlikte, nihayetinde, her ikisi de - Gandhi ve Bose, özgürlük mücadelesi bağlamında Hint ulusunun inşasında önemli roller oynadılar. Bu, ideolojilerinin ne kadar farklı olduğunu ve her ikisinin de Hindistan'ın özgürlüğü ile ilgili koşulları ele alırken ne kadar pragmatik olduklarını gösteriyor.

Bölüm 4: Demokrasinin Dansı mı?

Dördüncü sütun medya ya da kanguru gibi görünen bir demokraside sirk kırbacı taşıyıcısı olmak: Gıda güvenliği, demokrasi ya da medya özgürlüğü endeksi neden aşağı doğru kayıyoruz?

Hindistan gibi bir ulusu, birleşik bir milliyetçilik duygusu oluşturmak için birçok yönden tek tip hale getirme sorunu, medyanın oynayacağı muazzam bir role sahiptir. Görünüşe göre, bir önceki bölümde sorduğum soru, bitirdiğim yerde, soruyu bu bölüme sürüklemekti. Hindistan'ın tekdüzeliği hiçbir zaman doğal olmadı ve bizi tanımlayan şey çeşitlilikti. Ulus kavramı da zayıftı, bu da ampirik olarak kanıtlanması ve hatta çürütülmesi zor olabilir, ancak Hindistan'ın ve hatta alt kıtanın tarihine bakarsak, yağmacıların gözdesi olan bir toprak parçası olarak görülebilir. Bencil çıkarların ve yolsuzluğun defalarca kullanıldığı parçalı toprak parçası, Avrupalı sömürgeci güçler, özellikle de İngiliz Raj tarafından mümkün olan en iyi şekilde ortaya çıktı. Bu devasa toprak parçasını fethetmek ve doğrudan kontrol etmek hiçbir zaman hiçbir güç tarafından mümkün değildi ve emperyal güç tarafından da denenmedi, daha ziyade fikir, İngilizler kaynakları ve kullanımını kontrol ederken bir kontrol duygusu vermekti. Bugün sahip olduğumuz sömürge sonrası ulus, hala bu bağlamdan ödünç alınan belirli ilkeler üzerinde çalışıyor. İngiliz yöneticiler fikrinin yerini artık merkezi hükümet almış ve sınırlı özerklik duygusu da yerini eyalet hükümetine bırakmıştır. Bu tür bir merkezileşme-ademi merkeziyetçilik sistemi daha önceki zamanlarda da vardı, ancak tüm bu tarihsel başlangıç, ulus ve yönetim için tekdüzelik yaratma kavramının Hindistan'da denenmesi biraz zor olan ve bu kadar kolay hafife alınamayacak bir proje olduğu fikrini vermek içindir. Hindistan'ı kitlesel mücadelede birleştirme, ancak şiddet içermeyen özgürlük hareketi kisvesi altında belirgin bir karşıtlığı canlı tutma fikri, bağımsızlık günlerinde tek tip bir faktördü. Kızılderililiğin yolları, bağlam farklı olsa da, Hindistan'ın veya kendi ülkelerindeki diğer birçok sömürge ulusunun büyük ölçüde değiştirdiği bir şeydir. Şimdi tüm bunların ortasında medya denklemi geliyor. Son zamanlarda Hint medyası, sol tarafa ve mevcut hükümete karşı eğilirse "Lib****du" medyası veya hükümet anlatısına daha yakın olan ve yüzeysel olarak yelpazenin sağ kanadında yer alabilen "Godi" medyası [25] olarak muazzam güvenilirliğini kaybetti. Her halükarda, Hindistan'ın çeşitliliği kavramı, ister sömürge zamanları ister sömürge sonrası zamanlar olsun, ulusal çıkar meselelerinin önüne geçen bölgeselciliğimiz açısından her zaman vurgulanmış olabilir. Bununla birlikte, tüm bunların ortasında, medyanın rolü, İngiliz Raj'ı altında bile Hindistan için kritik olmuştur, yine de, medyanın İngiliz Raj'ına karşı önyargılı olduğu fikri, baskıcılar tarafından yönlendirildiği açıkça anlaşılabilir. Ancak, bağımsızlık sonrası dönem ne olacak? Medya, özellikle demokrasimiz sorgulanabilir ve esrarengiz bir şekilde büyük ölçüde gerçekleştiğinde yeterince iyi bir rol oynuyor mu? Bizimki gibi çok partili feodal bir demokraside spor formaları gibi siyasi renklerin değişmesi, medyanın rolü söz konusu olduğunda çok önemli bir etkiye sahiptir. Medya kuruluşlarının artık hükümet yanlısı ya da hükümete karşı olmak gibi kendi önyargılarının egemenliğine düştüğü de bir gerçek. Medyamızın fikri, gerçekleri ifade etmek ve ister Batılı bakış açılarından, ister demokratik ilkelerimize karşı olmak olsun, ister ulusal gururumuz olarak satılan Hindistan'ın revizyonist hikayesine fazla kapılmamak olsun, önyargılı olmamaktır. Seçilmiş ve seçilmiş liderlerimizin demokrasinin işleyişinde hesap verebilirliğinin hala sorgulanabilir olduğu bir ülkede medya hala önemlidir. Özgürlük endeksimizin gıda güvenliği sıralamamızın yanı sıra sorgulandığı bir ülkede, medyanın hükümetin kusurlarını veya başarılarını vurgulamanın ötesine geçmesinin zamanı geldi, bunun yerine neden hala orada kaldığımızı bulmaya çalışıyor. Medya, özgürlük mücadelesi günlerinde bile Gandi'den Netaji'ye ve milyonlarca başka insana haber yapıldığı zamanlarda bile önemli bir role sahipti. Yine de o zamanların sorunları ortaya kondu ve ahlak sorunu oradaydı. Bununla birlikte, günümüz zamanında, medyanın rolü, farklı bir şekilde öne çıkan sansasyonel veya

---

[25] https://www.rediff.com/news/column/aakar-patel-will-godi-media-change-in-modi-30/20240628.htm

araştırmacı gazetecilik yaratmak yerine, Hindistan'ın neden ve nerede eksik olduğunun nedenlerini bulmak olmalıdır.

Nepotizm kayaları bazılarına göre, daha sonra yetenek veya meritokrasi, peki Hindistan'da demokrasi nereye geliyor?

Hindistan'ın demokrasisi sorunu, eleştirilebilecek ve çoğunlukla Batılı yorumcular ya da Batılı eğitim almış olanlar tarafından eleştirilebilir ve sürekli bir süreçtir. Churchill'in Kızılderili halkının kendi kendini yönetme hakkı konusundaki küçümseyici doğası, tarihimizin böyle olmasından kaynaklanmış olabilir. Afrika'da olduğu gibi, Asya'nın birçok bölgesi gibi Hindistan da ve hatta çağdaş öncesi Avrupa'nın bazı bölgeleri ulusal bilinci şekillendirmekte zorluk çekti. İngilizler *"Britanya İmparatorluğu'nun üzerinde güneş asla batmaz"* derlerdi, ama kesinlikle battı ve bugün, ironik bir şekilde, ironik bir şekilde, vatandaşlık olarak Hintli olarak adlandırılaması da, kendi sözleriyle Hint Hindu ilkelerini kesinlikle görmüş veya doğal olarak özümsemiş olan Hint kökenli bir adam tarafından yönetiliyor. Hindistan demokrasisinin doğuşu, yalnızca İngilizlere karşı değil, aynı zamanda orta yıllarda Delhi saltanatı ve Babür İmparatorluğu tarafından pekiştirilen yüzyıllar süren feodal sistemin yıkılması, İndus Vadisi sonrası Hindu krallıkları ve Dravid uygarlığı sonrası Hindu krallıklarıyla başlayan Hint tarihinin ikinci dalgası olarak gerçekleşti. Bu, tarih açısından indirgemeci gelse de, bu tarihsel bir parça değil, bu yüzden konuyu dağıtmayalım. Bu bölümde gündeme getirilen soru, Hindistan demokrasisinin kalitesi ve sağlığıdır. Kağıt üzerinde, her ne kadar dünyanın en büyük demokrasisi olarak kabul edilsek de, bir mucize olarak doğmuş ve bizim için değerli olan demokrasinin korunması gerekiyor. Hindistan, dini ve siyasi tarihimiz nedeniyle Güney Asya'da demokrasinin baba figürü olarak kabul edilirse, bölünme ve Pakistan ulusu şeklinde dünyanın en büyük insan yerinden edilmesiyle sonuçlanan birkaç dini şiddet olayından geçmiştir. 562 prens devletin parçalarının bir yapboz[26] gibi bir araya getirilmesiyle

---

[26] https://www.theweek.in/theweek/leisure/2023/07/29/john-zubrzycki-about-his-new-book-dethroned.html

ortaya çıkan, meydan okunmasına ve tehdit edilmesine rağmen Hint demokrasisinin değerleri olarak burada bitmedi. Hindistan demokrasisinin değeri, toplumumuzun feodal kalıntıları ve Hindistan siyasetindeki yozlaşma nedeniyle ara sıra şiddet içeren çizgisine rağmen, birçok Afrika ve bazı Asya uluslarının aksine, hala kökünden sökülmemiş olmasıdır. Hindistan demokrasisinin diğer birçok sektör gibi aile odaklı veya adam kayırmacı olduğu söyleniyor ve son zamanlarda Narendra Modi yönetiminde otokrasi olarak damgalandı ve Indira Gandhi rejimi sırasında olacağından çok daha fazla gürültü çıkardı. Nehru ve hatta Gandhi döneminde Hint liderliğinin ılımlı ya da ürkek yaklaşımı demeli, eleştirilen daha yumuşak ve eleştirili, bize tamamen kan dökmek ve iç savaşa boğulmak yerine, birçok batılı teorisyenin 5 bin yıllık bir medeniyet kültür tarihinden doğan yeni bir ulus olan Hindistan'ın geleceği olacağı ulusal bir mizaç vermiş olabilir. sanat, kan dökülmesi ve evrim. Hindistan'ın demokrasisinin son sıralamada düşmesi ve Hindistan'ın bir otokrasi ve muz cumhuriyeti olma tartışmaları ve eleştirileri sırasında olması sorunu, sadece şimdiki zamanların bir ürünü olabilir. Unutulmamalıdır ki, Hint alt kıtası, iyi işleyen bir demokrasinin unsurlarına ve batı standartlarına uymamış olabilecek zengin bir yönetim geleneğine sahiptir, ancak iyi yağlanmış demokratik bir toplum için gerekli ilkelerin unsurlarına veya belirleyicilerine sahiptir. Bugün demokrasimizin en büyük sorunu, hala kast, feodalizm ve tabii ki dini kimlik sorunlarına takılıp kalmamızdır. Bunlar, son 75 yıldır olamayacağı gibi hemen yıkanamayan faktörlerdir. Hindistan demokrasisi çeşitlidir ve eleştirilebilecek evrensel yetişkin oy hakkı kavramı bir zayıflık değil, güç kaynağıdır. Marjinalleştirilmişlerin sesleri yoksa, o zaman bu hiçbir şekilde demokrasi değildir. Özellikle sömürgeler için demokrasiyi küçümseyen Churchill, Hindistan'ın, Hindistan ulusunun herkesi yanına aldığı veya doğunun denediği dünyanın en büyük demokrasisini yarattığını gördü. Sistem tarafından başarısız olmuş olabilecek pek çok kişi var ama aynı zamanda seslerini duyuran çok daha fazlası var. Yine de, demokrasimizin hala kitleleri kendi çıkarları için ya da iktidar oyununda piyon olarak kullandığı doğrudur, Hindistan değişiyor ve gelecek nesil Hintlilerin doğru olması gereken bilgi ve medyaya maruz kalmasıyla gelişecek.

Bir yapboz ülkesinin ulusunu yönetmenin mucizesi

Daha önce de belirtildiği gibi, emperyal ustalar da dahil olmak üzere batıdan birçok yorumcu ve uzman tarafından reddedilen Hindistan bir mucizedir. Hindistan gibi bir mucize gibi doğan bir ulus, 562 prens devletin bulmacalarına katılmanın aceleci ve kaotik sürecinden doğdu. Haydarabad, Junagadh ve Keşmir gibi üç sorunlu bölge, tabii ki, Hindistan olarak adlandırdığımız ancak Britanya Hindistanı'ndan [27] yapılan bir kültürel alanın bölünmesinden sonra yaşanan dram ve kan dökülmesinden sonra birleşti. Ulusumuzun eyaletlerden doğan ve daha sonra dilsel temelde devletler haline getirilen federal yapısı. Hindistan'ın çeşitlilik faktörü, ara sıra insan hayatı, mülk, aşırılıkçılık, isyan kayıplarına rağmen bakılır ve karşılaştırılırsa, daha önce hala yönetilmiştir. Pencap'ta, Kuzeydoğu'da, Keşmir'de sorunlar yaşadığımız yer orasıdır ve gelecekte de orada olabilir, ancak çeşitliliğin medeniyet varlığına dayanan bu post-kolonyal yapının büyüklüğü ve çeşitliliğinin yönetilme şeklinin yönetilmesi gerekiyor ve şüpheciler de dahil olmak üzere birçok kişi tarafından dikkate alınıyor. O.G. "U.S.A." için ayrılmış istisna dışında, siyasi özgürlük ve bağımsızlık mücadelelerinde arzuladıkları demokratik ilkelere tutunamayan birçok sömürge sonrası ülke var. Ancak Hindistan, demokrasimizin birçok kez aşağı kaymasına yönelik eleştirilere rağmen dimdik, güçlü ve gururlu duruyor. Neden? Hindistan'daki seçim mekanizması, kendi sorunlarına rağmen, Hindistan'ın dünyanın en yüksek demokratik çeşitliliğinden yararlanma konusunda dünyayı hayranlık içinde tuttuğu demokrasi kavramı üzerinde çarkları çalkalamaya devam eden değerli ve değerli bir uygulamadır. Unutmamak gerekir ki, Hindistan'daki demokratik sürecin ulaştığı nokta, ulaşılabilecek boşluklar olmasına rağmen, ülkenin kuytu köşelerine ulaşmayı başardı ya da etmeye çalıştı. Hindistan, 5000 yıllık kayıtlı tarih [28] boyunca ulusun deneyiminin

---

[27] https://scroll.in/article/884176/patel-wanted-hyderabad-for-india-not-kashmir-but-junagadh-was-the-wild-card-that-changed-the-game

[28] https://www.nature.com/articles/550332a

olduğu gibi tek bir ruha sahipti, ancak sömürge zamanlarının kader buluşması ve hatta ondan önce, Delhi Sultanlığı döneminden bu yana, ulusun son siyasi bağımsızlık biçimini elde ettiğinde çok büyük ve belirgin hale gelen ulusta çok zayıf çizgiler yaratmaya başlamıştı. İkinci Dünya Savaşı'ndan sonra İngilizlerin alelacele ülkeyi terk etmek istedikleri müzakere aşamasında Sardar Patel'in gücü olmasaydı, Hindistan yaklaşık 5-6 ulus doğurabilirdi, hatta Sovyetler Birliği'nin dağılmasından sonra olduğu gibi daha da fazla 15 ulus[29] doğurabilirdi. Rusya, Sovyetler Birliği'nin dağılmasının ardından ortaya çıkan sürecin meşru halefidir ve benzer bir gelişme, Britanya Hindistanı'nın Pakistan ve Bangladeş'e kanlı bir şekilde bölünmesiyle yaşandı; unutmamak gerekir ki, bu yapbozun yerlerini bulamamış, nereye sığacakları vardı. Tüm söylenenler ve yapılanlar, bunlar tarihimizin hikayesinin bilinen parçalarıdır. Bununla birlikte, Hindistan gibi bir yerin çeşitliliği ve farklılıkları, yapbozun farklı parçaları gibidir. Demokratik ilkelerin oluşturulması ve demokratik sistemin nasıl oluşturulduğu genellikle birkaç kişi etrafında döner. Bununla birlikte, tüm bu postların ortasında, Sardar Patel'in ölümünün yanı sıra Goa, Diu, Dadra ve Nagar Haveli'nin dahil edilmesi, Sikkim, daha önce de belirtildiği gibi Haydarabad, Junagadh ve Keşmir'den daha az öneme sahip değil. Ulusun sınırlı toprak, bayrak ve marş şeklinde yükselişinden daha önce bahsedilmişti, ancak bu tür bir ulus kavramı, özellikle Asya, Afrika ve Amerika gibi dünyanın sömürgeleştirilmiş bölgelerinde tüm dünyaya yayılmış ve batı tarzında basılmıştır. Oy kullanma hakkını elde etme, yönetimin yolunu belirleme gibi değerli bir kavram, dünya savaşı sonrası senaryoda dünyanın nasıl şekillendiği üzerinde büyük bir etkiye sahip olan bir şeydir. Hindistan'ın, nüfus bakımından dünyanın en büyük demokrasisinin oluşmasına yol açan parçaların oluşması sadece bir adımdır. Bununla birlikte, Hindistan'ın federal yapısında, bir eyalet içinde veya eyaletler arasında yaşanan sorunların yaşandığı merkez ile devlet arasındaki çatışma, Churchill tarafından reddedilen bir ulus olarak bizi hayatta tuttu. Yapboz defalarca parçalara ayrılıp etrafa dağılabilirmiş gibi hissettirdi, ancak görünmez bakım gücü ve özenle taşınması gereken bitmiş bir yapboza hitap eden iki el gibi nazik ya da

---

[29] *https://www.indiatoday.in/opinion-columns/story/narrative-uprooting-idea-of-india-disintegration-1917766-2022-02-25*

bazen iddialı koruyuculuk bunu engelledi. Hindistan'ın mucize ulus olarak var olmasının nedeni budur.

1.4 milyardan fazla insan, burada büyüklük önemlidir! iyi kalite çok değil mi? Eşitlikçi büyüme ve kalkınma için 3P+C (yoksulluk, kirlilik ve nüfus artı yolsuzluk) bilmecesi nasıl çözülür?

1,4 milyarlık bir ülkede ve konuştuğumuz gibi büyüyoruz, 3P + C fikri bizi her zaman çok etkiledi. Eşitsizlik açısından artan yoksulluğumuz sorunu, öncelikle düşünmemiz gereken kemirici bir konudur. Gerçeği söylemek gerekirse, eşitsizliğin son zamanlarda gelen sömürge zamanlarından daha fazla olduğu fikri, özgürlük savaşçılarının ve Hindistan'daki özgürlük hareketi için dökülen kanın utanç verici bir kanıtıdır. Bu, yoksulluğu azaltmayı başaramadığımızdan ve aşırı yoksulluk fikrinin araştırılmadığından değil, ancak yelpazenin diğer ucunda, eğer Hindistan gerçekten yükseliyorsa, neden 800 milyon insanın hala ücretsiz tayına bağımlı olduğu sorusu geliyor! Bu, AB'nin tüm nüfusundan ve ABD'nin 2/3'ünden daha fazla, bunu hayal edin ve 7 yıllık bağımsızlıktan sonra neden hala kronik yoksullukla ilgili sorunlarımızı anlamamız gerektiği sorusunu gündeme getiriyor. Şimdi ileri geri gidersek, yoksulluk sorununun artık çok boyutlu yoksulluk statüsüne de atfedildiği doğrudur, ancak Hindistan'ın insanları yoksulluktan kurtaran ülkeler arasında ikinci sırada yer almasına rağmen, yoksulluk konusunda ciddi sorular var. Ülkedeki kaynakların halk kesimleri arasında dağıtılmaması, Hindistan'ın bocaladığı bir konudur ve cevap hem politika çevrelerinde hem de yolsuzluğun paydasında yatmaktadır. Dünyada Hindistan hakkında, Hindistan'ın nominal GSYİH açısından dünyanın en büyük üçüncü ülkesi olacağına dair çok fazla gürültü var, ancak para sadece tepede dağıtıldığında ve hatta alt kısma damlama etkisi bile neredeyse yokken hiçbir şey ifade etmiyor. Sorun şu ki, Hindistan'daki insanlar büyük ölçüde hala fakir, bu da Hindistan'a özgü olmayabilir, ancak çoğunlukla tüm sömürge sonrası ülkelerde[30] bulunabilir. Hindistan'ın büyümesi gerekiyor, ancak büyümenin ödülünün her birine inmesi gerekiyor ve hala kağıt üzerinde. Aslında, teoride pratik terimlerden daha kolay söylenir ve yapılır, ancak yoksullukla ilgili ortaya çıkan sorular, bir ulus olarak hala başarısız olduğumuz yerdir. Şimdi büyümenin diğer bilmecesine gelmek, kirlilik ve iklim değişikliği konularını gündeme getiriyor. Hindistan, 2016 Paris iklim zirvesinde verilen taahhütle eşit olduğu söylenen tek ülke olmasına rağmen. Hindistan şehirlerinde kentsel alan sıcaklığındaki artış, Hindistan'ın iklim değişikliği ile ilişkili riskler yelpazesinin merkezinde olduğu bir başka ciddi endişe kaynağıdır. Kirlilik ve yoksulluk sorunu, Hindistan'ın ilk sırayı aldığı "devasa" nüfus ve bununla[31] birlikte ortaya çıkan muazzam sorunlarla ilgilidir. Umut olmadığından değil ve olumsuz spekülasyon yapamayız, ancak sorular yerinde ve daha önce de gündeme getirildi. "*Hindistan'ın Silikon Vadisi*" olarak adlandırılan Bengaluru kentindeki yeraltı sularının tükenmesi sorunları, Cape Town'un da yakın geçmişte karşı karşıya kaldığı dehşeti hatırlatıyor. Bu nedenle, Hindistan'daki yaşam kalitesi, zorluklarla karşılaştığımız bir konudur ve Hindistan'ı terk eden Yüksek Net Gelirli bireylerin göçü en yüksek olanıdır. Son zamanlarda medya üzerinden duymuş olabileceğimiz beyin birikimi ve diğer propaganda söylemlerine rağmen, Hindistan için vatandaş göçü gerçekleşti. Şimdi kirlilik ve nüfus bağlamını ele aldığımızda, milyonlarca insanın hala marjinalleştirildiği ve toplumun yanında yer aldığı nüfus geliyor. Bunun nedeni, geçmiş uygarlığımız ve ihtişamımızla gurur duyduğumuz Hindistan'da, eşitsizlik kavramının uzun bir zaman diliminden beri normalleştirilmiş olması olabilir. Din ve karmanın Hindistan'daki toplum söyleminin önemli bir parçası olduğu Hindistan'ın sanayi öncesi dönemi, geçmiş yaşam günahları açısından yoksulluğu normalleştirmişti. Gandi'nin ekonomi tarzı da materyalizm ve sanayileşmeye daha az odaklanmış, tekerlek yoluyla tekstil üretimi (Charkha [32]) açısından küçük ölçekli endüstriyel gelişmeye odaklanmıştı. Bunun ruhla bağlantı kurduğu için dezavantajları da var, ancak ağır sanayileşme ve imalat sektörünün gelişimi açısından boşluk,

---

[30] https://www.bbc.com/news/world-asia-india-68823827
[31] https://m.economictimes.com/news/economy/indicators/india-to-emerge-as-an-economic-superpower-amid-impending-global-economic-landscape/articleshow/110418764.cms
[32] https://www.newindianexpress.com/web-only/2023/Oct/14/welfare-of-all-rather-than-profit-for-a-few-why-gandhian-ideas-can-still-guide-economic-policies-2623932.html

geride kaldığımız yerdir ve bu zamanlarda küresel bir güç olmaktan bahsettiğimiz gibi, enflasyonist baskılar dışında son on yılda daha da kötüleşen ciddi bir iş krizine neden olur.

Birkaç kişinin cesareti sayesinde inekler diyarından uzaya ulaştık ve teknokratik dünyada bundan sonra nereye gidiyoruz?

Baisham'ın "**Hindistan'ın Harikası**" veya V.S. Naipaul'un "**Yaralı Bir Uygarlık**" gibi yazarlarının kitaplarının görkemli geçmişten ve nasıl aşağılandığımızdan bahsettiği Hindistan ülkesinde, "**Indian Summer**" ve "**Dethroned**" gibi kitaplar, Hindistan ulusunun nasıl yanlış yönetildiğini ve sömürge yönetiminden önce bildiğimiz kara kütlesinden Hindistan şeklinde geri alındığını parlak ayrıntılarla açıklıyor ya da emperyalizm. Dalrymple'ın eserleri bile, geleceğe ve dirilişe odaklanmanın tema olmadığı Babür ve İngiliz Raj'ın nüanslarına odaklandı. Bu , *Bay Nilekani, Shashi Tharoor, S Jaishankar, Dr. Kalam* ve diğerleri tarafından kitaplarda ele alınmıştır. Şimdi, okuyucular bunun bir kitap okuma listesi mi yoksa yeni bir bölüm mü olduğunu merak ediyorsa. Bekleyin! Hindistan'ın geçmişteki ilerlemesi, özellikle medeniyet ve fetih oyununda kaybolan antik çağ bilgisi iyi belgelenmemiş olabilir. Soru her zaman yatar, sömürge öncesi zamanların yanı sıra sömürge zamanlarının bilgi ve biliminin, özellikle uzay, tıp, bilgi veya nano teknoloji[33] olsun, modern zamanlardaki yolculuğumuzu anlamamızı sağlayabileceği bilimsel çalışma hakkında ne olur? Elektronik üretiminden çip üretimine kadar Hindistan, Çin, Japonya ve Güney Kore'nin batıya alternatif gösterdiği yerlerde geride kaldı. Hindistan'ın televizyon, çamaşır makinesi vb. ürünleri Hint markaları altında üretme potansiyeline veya kabiliyetine sahip olamayacağı veya olmadığı anlamına gelmez. Bununla birlikte, *Onida, BPL, Videocon'un* hediyesi, Hintli olmayan küresel devlerin pazar payını ele geçirmesiyle birlikte sönmüş gibi görünüyordu. Aynı hikaye , **M.I.L.K.'nin (Micromax, Intex, Lava, Karbonn)** Çin cep telefonu saldırısı nedeniyle çöktüğü ve hatta yarı iletken üretiminde ilk adımları attığımız mobil üretim endüstrisi için de geçerli. Özellikle üretime bağlı

---

[33] *https://www.news18.com/opinion/opinion-igniting-indias-job-engine-the-untapped-potential-of-manufacturing-8948962.html*

teşvik programı ve 21 yüzyıl küresel senaryosunda günün ihtiyacı olarak yerli üretime odaklanan politika ile her zaman bir umut ışığı vardır.[34] Hindistan'ın mütevazı bir şekilde başlayan uzay yolculuğunda, eski başkanımız A.P.J. Kalam'ın bisikletiyle fırlatılmak üzere roket taşıdığı ünlü fotoğraf, gururumuzu kabartabilecek bir görüntüdür. Oradan, ilk denemede Mars'a inen ulus ve ayın güney tarafına inen ilk ulus olmaya geçtik. Bununla birlikte, ulustan ziyade birey olarak başarmamız gereken zorlukların bir kanıtı olan elimizdeki daha büyük sorunlar ne olacak? Ulus ihtişamın tadını çıkarabilir, ancak ulusumuzun destek sistemi hala geciktiğimiz yerdir ve bilim adamlarının eserlerinde ortaya çıkan yapısal kusurlar yalnızca kütüphaneleri ve süslü kafelerdeki bilişsel tartışmaları doldurmak içindir. Etkilenen insanlar ya da daha doğrusu sığır sınıfı, kendilerini etkileyen sıkıntıların senaryosuna kayıtsız kalıyor ya da bugün bile feodal siyaset ve yolsuzluk labirentinde kurumuş gözyaşları olabilir. **Odisha'daki Kalahandi, Chhattisgarh'daki** son kırmızı kale olan Bastar gibi yerlerde olumlu iyimserlik çizgileri ortaya çıktığı için tüm bu yıllarda o kadar da karanlık değil ve *Odisha'daki ilerlemenin yanı sıra doğu U.P. veya Bihar'ın bazı bölgeleri gibi yerlerde bazı damlama etkisine dayalı kalkınma yerine yozlaşmış ve kast temelli politikalara rağmen, Madhya Pradesh'ten Pencap, Batı Bengal, Tamil Nadu gibi diğer eyaletlere.* Coğrafi, kültürel veya sosyal olarak kelimenin her anlamıyla bir yapboz gibi çalışan bu serap ulusunda ilerleme farklı olmuştur. Bu nedenle, Hindistan ulusu fikri, uzay gemilerinin yanı sıra temel miktarda gıda ve sağlık hizmetleri ile ilgilidir. En büyük gıda programının ülkesi olan Hindistan da açlık endeksinden muzdarip, Pakistan ve Bangladeş'in altında yer alıyor, eleştirilmesi gerekiyor ve eleştirilmeli, ancak yine de bir tutam tuzla alınması gerekiyor. Bu yüzden, söylenen ve yapılan her şey, dünyanın en büyük demokrasisindeki çocuk bodurluğu, çocuk işçiliği ve insan hakları endekslerinin miktarı, ben de dahil olmak üzere ilgili vatandaşlar da dahil olmak üzere herkesi şaşırtan şeydir. Peki Hindistan'ın geleceği nerede yatıyor? Yeni dünya düzeninde uzayı ya da yüksek masayı fethetmek için değil, bu parçalanmış ulusun önemli ve dinamik fay hattı sorunlarına çözümler sunmak için.

---

[34] *https://www.globaltimes.cn/page/202311/1302676.shtml*

Gençlik odaklı bir başlangıç ülkesi olmak istiyoruz ama onlar için yeterince şey yapıyor muyuz?

Soru ve sorun şu ki, çoğumuz koltuk savaşçılarıyız, sorumluluk ve itici gücün ise yolculuğumuzda ilerledikçe söylemesi yapmaktan daha kolay olan sahada eylem olması gerekiyor. Dünyanın en büyük demokrasisinin ve en kalabalık ulusunun kavşağında yer alan **Y kuşağı, Z Kuşağı ve gelişmekte olan Alfa kuşağının** karışımı olan *Alfa-Zillenials* ülkesinde, dünyanın gidişatını değiştirme potansiyeline ve gücüne sahiptir. Bununla birlikte, Hindistan'ın demografik temettüsü, becerilerin ve yetenek talebinin bir araya gelmediği çok sayıda insana uygun işler vermek için hala mücadele ediyor. Bu tam da politika yapımının sadece sorunların bir reçetesi değil, çözümleri ele alması gereken sorundur. Son birkaç yılda yeni başlayanlar için hükümet politikaları ve finansmanı gündeme geldi ve umut var, ancak iyi bir ekosistemin yaratılması, gençlerin rol oynayabileceği bir ulusun kalkınmasının anahtarıdır. **Zerodha'dan Agniban'a**, fin teknolojisinden uzay start-up başarısına kadar**, Byju'nunki gibi başarısızlıklar var.** Ancak, bunların hepsi yolculuğun bir parçasıdır ve fikrin her zaman geleceğe odaklanması gerekir. Hükümetin **Mudra** kredi planı sağlama fikri, girişimcilerin ve istekli iş fikri sahiplerinin başarılı olmalarına yardımcı olmak için somut bir adımdır. 21. yüzyılın Hint rüyası bir olasılıktır ve gerçeğe dönüşebilir, ancak eğitim kurulumundan altyapı inşasına ve merkez, eyalet ve yerel düzeyde koordine edilmesi gereken politika yürütmeye kadar politika oluşturma ve uygulamada bazı yapısal kusurlar vardır. Kağıt üzerindeki Yeni Eğitim Politikası, Macaulay'ın sömürgeci "Hindistan Cevizi" öğrenci fabrikası çıktı yönteminden[35] uzakta yeni bir eğitim kalıbı yaratmak için harikadır. İngiliz Raj'ına uygun, içi beyaz olan kahverengi tenli Kızılderililer yaratmayı amaçlayan bir sistem. Artık modern zamanların ve değişmiş ve iddialı bir Hindistan'ın modern ihtiyaçlarının, yapay zeka, makine öğrenimi ve kodlama dinamiklerinin artık moda kelimeler değil,

---

[35] https://thewire.in/education/lord-macaulay-superior-view-western-hold-back-indian-education-system

Hindistan'ın ihtiyaç duyduğu yeni bir gençlik odaklı toplum için modern zamanların gereksinimleri olduğu çözümlere odaklanmanın zamanı geldi. Hindistan'da son yirmi yılda işsiz büyüme, ülkenin istihdamda buna karşılık gelen bir artış olmaksızın ekonomisinin genişlemesine tanık olması nedeniyle bir endişe kaynağı olmuştur. Bu kopukluk, diğer şeylerin yanı sıra, özellikle istikrar ve amaç duygusu sağlayan işler isteyen gençler arasında artan hayal kırıklığına neden oluyor. Askerlik hizmetinde bulunanlar için uzun vadeli iş güvencesini kısa vadeli sözleşmelerle değiştiren Agniveer programının uygulamaya konması, İş Güvenliği ve devlet ile vatandaşları[36] arasındaki sosyal sözleşmenin aşınması konusundaki endişeleri daha da artırdı. Birçok genç Hintliye istikrar ve vatanseverlik sağlayan geleneksel istihdam yollarını bozma potansiyeline sahiptir.

Sonuç olarak, bu zorlukların üstesinden gelmek için ekonomik reformlar, hem kamu hem de özel kurumlarda istihdam yaratmanın yanı sıra becerilerin geliştirilmesi gibi çok yönlü bir yaklaşım olmalıdır. Bu, siyasi kazanımlar için bir araç olarak kullanılmak yerine, imtiyazlı insanları güçlendirerek orijinal amacına hizmet ettiğinden emin olmak için rezervasyon sisteminin kapsamlı bir şekilde gözden geçirilmesiyle birlikte gitmelidir. Hindistan, son yirmi yıldır **"Demografik Temettü**[37]**"** kavramının her zaman tartışıldığı bir konu olmuştur, ancak genç nüfusun kaynaklarının israf edilmesi başka bir endişe kaynağı olmuştur. Börek satmanın da istihdam olarak kabul edildiği *Pakoda-nomics* kavramı ahlaki olarak doğru olabilir, ancak bu yeterli bir yargı ve gerekçelendirme midir? Dünyanın hiçbir yerinde herhangi bir hükümetin nüfusun yüzde 100'ünün istihdam edildiğini iddia edemeyeceği doğrudur, çünkü istihdam sadece fırsatlarla ilgili değil, aynı zamanda iş bulmak isteyen ve iş fırsatları yaratabilecek insanlar veya insan kaynakları ile de ilgilidir. Bu, sermayeye ve/veya iş fikirlerine sahip olan ve mevcut kaynaklara fırsatlar sağlayabilen kişiler anlamına gelir. Hindistan, ekonomik olarak mantıklı olan ancak mantıksız görünen orantılı istihdam fırsatları olmayan enflasyonla bu tuhaf

---

[36] https://www.businesstoday.in/india/story/former-army-chief-hints-at-badlaav-in-agniveer-scheme-some-changes-could-be-made-after-431439-2024-05-30#:~:text=years%20of%20service.-,Under%20the%20Agnipath%20Scheme%2C%20which%20was%20rolled%20out%20in%20June,that%20has%20upset%20army%20aspirants.

[37] https://www.livemint.com/economy/ageing-population-a-structural-challenge-for-asia-india-s-demographic-dividend-to-dwindle-adb-11714637750508.html

büyüme zorluğuyla karşı karşıya. Bu nedenle, işsiz büyüme fikri, son yirmi yıldır, **_Agniveer_** gibi planların, risk, zorluk ve bir tutam vatanseverlikle de olsa, silahlı kuvvetlerin hizmetinde gelen uzun vadeli iş fırsatının garantisinin yerini almasıyla ortaya çıkan bir sorun olmuştur. Marjinalleştirilmişler için bir yol olması amaçlanan siyaset adına çekince, şimdi yeni kast ve alt kastların mücadeleye katılmak için çekince aradığı oy bankası için bir emniyet supabı haline geldi. Indra Sawhney vaka tavsiyesine göre yüzde 50'lik çekincenin üst sınırı, belirsiz bir şekilde tanımlanmış parametrelere sahip "Ekonomik Olarak Zayıf Bölüm" şeklinde gelen rezervasyon pastasının üzerine başka bir krema ile zaten ihlal edildi. Ardından, diğer geri kalmış sınıflar için rezervasyon sorunu geliyor, ister rezervasyon pastasının kremalı ister kremasız katmanları için olsun, ve azınlık oy bankası politikalarını unutmamak gerekir. Bu politik oyunlarda, çıraklık şeklinde **"Pradhan Mantri Kaushal Vikas Yojana"** yoluyla veya *"Hindistan'da Yap"* programı kapsamında elektronik ekipman üretimi için üretime bağlı teşvik programı yoluyla daha fazla üretim yaratılması yoluyla istihdam yaratmaya odaklanma hala mücadele ediyor. Bu nedenle, mevcut hükümetin uzun vadede bir çıkış yolu bulması gerekiyor. Hindistan'da, hem kremalı hem de kremasız katmanları içeren diğer geri kalmış sınıflar için çekince meselesi çetrefilli bir siyasi meseledir. Bu politikaların amacı sosyal adaleti ve ekonomik özgürleşmeyi sağlamaktır, ancak uygulama genellikle istihdam yaratma ve kapsayıcı büyüme pahasına oy bankası politikaları tarafından gölgelenmiştir. Mevcut hükümetin Pradhan Mantri Kaushal Vikas Yojana (PMKVY) beceri geliştirme için ve Make in India kapsamında elektronik üretim için Üretim Bağlantılı Teşvik (PLI) programı gibi girişimleri, işsizlik zorluklarını ve ekonomik kalkınmayı [38] ele almayı amaçlayan bazı politika önlemleridir. Bununla birlikte, bu cephelerdeki ilerleme, bu dünyanın çeşitli demokratik ulusunda kendi karmaşıklıklarına sahip olan Hindistan'daki siyasi senaryo ile yavaş kalmıştır.

---

[38] https://www.business-standard.com/industry/news/with-geo-political-concerns-engg-firms-nudge-suppliers-to-make-in-india-124063000283_1.html

Roti, kapda, makaan (Yiyecek, Giyecek, Barınak) evrensel sağlık ve eğitimle hala Dharam, Jati ve Deshbhakti'nin (Din, Kast ve Milliyetçilik) arkasında Watan, Vardi ve Zameer (Ulus, Üniforma ve Vicdan) için

Yeni parlamentomuzda, Güney Asya'daki tüm ulusların daha büyük Hindistan'ın bir parçası olduğu **"Akhand Bharat"** [39] veya bölünmemiş Hint alt kıtasının duvar resmi var. Ulus iki parçaya bölündü: Pencap ve Bengal, her ikisi de birleşmiş olsaydı Hindistan'da kalsaydı ya da farklı uluslar oluşturarak kendi kaderlerini oluşturmuş olsalardı, farklı bir yörüngeye sahip olabilirlerdi. Hindistan, birçok batılı yorumcu ve hatta Hindistan fikrini ve bağımsızlık arzusunu reddeden Churchill tarafından bir serap olduğu söylenen mucize ulus, ulusu ekvator gibi hayali olmakla eşitledi. Hindistan siyaseti, 200 yıllık kötü yönetilen sömürge yönetiminden sonra bile, sayıca küçük olmalarına rağmen Kızılderililerin yardımıyla Hindistan'a tutunabilecekleri bir ulusta üstünlük sağlamak için yeterince çıplak ve gerekli birkaç adım dışında. Avrupa sömürgeciliğinden yıllar önce, daha sonraki Babür dönemi veya ondan önceki Delhi saltanatı ve hatta Maratha, Rajput'un, Bengal saltanatının hepsinin kendi tarzları ve planları vardı, bunlardan bazıları keyfi olabilir ve westernlerin ortaya çıkarmış olabileceği kural kitabı uygulamasından yoksun olabilir. Bu, hiçbir şekilde, büyük ölçüde feodal olan ancak mutlak karmaşıklıktan yoksun olmayan bir yönetişim sisteminin, kentsel ve kırsal planlamanın, arazi kayıtlarının, mahkemenin ve idarenin olmadığı anlamına gelmez. Yeni sömürgeci ülkelerin çoğunun, ülkelerin sömürgecilerin tarzına adapte olduğu, kabilelerin veya yerli halkın, kaynaklar üzerindeki kontrolünü

---

[39] *'Tehlikedeyiz, kurtarın biz...', Pakistan Hindistan'ın yeni Parlamentosu'nda 'Akhand Bharat' duvar resmini görünce gergin - The Economic Times Video | ET Şimdi (indiatimes.com)*

kaybetmeleri dışında, oldukları yerde kaldıkları söylenebilir. Ne yazık ki, Hindistan'da bağımsızlık öncesi ve sonrası, son birkaç on yıldan beri kastçılık, rezervasyon ve *roti-kapda-makaan (yiyecek, giyecek ve barınak) aur garibi hatao (yoksulluğu* [40] ortadan kaldırma*)* politikaları yerinde kaldı, ancak kurtuluşta değişti. Bir zamanlar yoksulluk pornosu ve yoksulluk turizminin Batılılar tarafından yaygın olduğu ve Batı medyasının onların kötü durumunu ihmal ettiği Hindistan'da yoksulluğu ölçmenin bağlamı ve durumunun da yavaş ama dinamik bir değişim geçirdiği doğrudur. İşler zaman alıyor ve Hindistan da zaman alıyor, ancak Güney Kore, Tayvan, Singapur gibi birçok ülke daha küçük de olsa ve hatta nüfus ölçülerine göre bile yol gösterdi. Hindistan, bir ülke olarak tasarlanan insan uygarlığının mucizesidir [41]. Bu milletin "Aptallar Ülkesi" gibi kitaplar ürettiği doğrudur ve inanılmaz başarı hikayeleri üreten de aynı millettir. Hindistan'ın sorunu, çoğunun hala yarı eğitimli, eğitimsiz olduğu, sosyal medyada gürültü yaptığı ve belki de olmadığı ya da eğitimli insanların kendi fildişi kulelerinde olduğu ya da **"sığır sınıfını" tanımlamak için kullanılan aşağılayıcı terim sorununun bir parçası olmakla ilgilenmeyebileceği nüfusla ilgilidir.** Her vatandaşın iyi bir yaşam sürmesi kavramı fikri, tanımlayan ve farklılaştıran şeydir ve dünyanın en kalabalık ülkesi olan Hindistan'ın elinde bir zorluk vardır. Hindistan bunu yapabilir mi ve eğer öyleyse, kaç yıl içinde veya hangi zaman çizelgesinde? Bir yanda *"Hindistan vatandaşlarını nasıl yüzüstü bıraktı"* gibi kitaplar var, diğer yanda Dr. APJ Abdul Kalam Azad'ın merhum başkanı Dr. APJ Abdul Kalam Azad'ın *"Hedef 3 milyar"* gibi harika politika oluşturma ve uygulama ya da Bimal Jalan ve diğerleri dışında Nandan Nilekani'nin Hindistan'ın dijital teknolojik devrimi hakkında kitaplar var. Cevap muhtemelen ortada yatıyor, ki bir dereceye kadar hissettim, Raghuram Rajan, trollenmesine rağmen, yerleşik olmayan bir Hintli ekonomist olarak trollenmesine rağmen, son kitabında yakalamıştı. Yine bu notta, şu anda ABD vatandaşı olan iki Bengalli asil ödüllü ekonomist Abhijit Banerjee ve Amartya Sen, ekonomi politikalarını ironik bir şekilde, bağımsızlıktan bu yana istikrarlı bir şekilde sürekli bir sanayisizleşme

---

[40] Bir sayı oyunu olarak 'Garibi hatao' (deccanherald.com)
[41] Hindistan'ın 70 yıl boyunca birleşmiş bir ulus olarak hayatta kalması bir mucize: Ramachandra Guha (business-standard.com)

spektrumunda olan Bengal'den geliyorlar. Hindistan'ın, son zamanlarda Manipur gibi yerlerde yaşanan talihsiz etnik çatışma olaylarına rağmen, sosyo-ekonomik kalkınma için proaktif hükümet politikalarının görüldüğü Hindistan'ın geri kalmış doğu kesimi ve kuzeydoğu Hindistan'a yönelik politikasını tanımlaması ve tanımlaması gerekiyor. Bir zamanlar **BIMAROU (Bihar, Madhya Pradesh, Rajasthan, Odisha, Uttar Pradesh)** Odisha, Uttar Pradesh ve hatta bir dereceye kadar Madhya Pradesh ve Rajasthan gibi yeni yıldızlara yol açtı. Sadece yoksulluğun ortadan kaldırılması kavramı çözüm değil, ama nasıl? Bu, küçük kendi kendine yardım grubu odaklı Odisha modeli, Körfez parası yıkanmış sosyal refah, Kerala modeli, kapitalist Gujarat modeli olabilir, uyarlanabilir başarı için işe yarayan her şey olabilir, Gandhi'siz bu yeni Hindistan'da memnuniyetle karşılanır.

Son

PB Chakraborthy, Kalküta Yüksek Mahkemesi Baş Yargıcıydı ve aynı zamanda Batı Bengal Vali Vekili olarak görev yapıyordu. RC Majumdar'ın Bengal Tarihi adlı kitabının yayıncısına bir mektup yazdı. Bu mektupta, Baş Yargıç şöyle yazdı: "Ben Vali vekili iken, İngiliz yönetimini Hindistan'dan çekerek bize bağımsızlık veren Lord Attlee, Hindistan gezisi sırasında Vali'nin Kalküta'daki sarayında iki gün geçirdi. O zamanlar, İngilizlerin Hindistan'dan ayrılmasına yol açan gerçek faktörler hakkında onunla uzun bir tartışma yaptım." Chakraborthy şunları ekliyor: **"Attlee'ye doğrudan sorum şuydu: Gandhi'nin Hindistan'ı Terk Et hareketi bir süre önce zayıflamıştı ve 1947'de İngilizlerin aceleyle ayrılmasını gerektirecek yeni bir zorlayıcı durum ortaya çıkmamıştı, neden ayrılmak zorunda kaldılar?"** Yargıç Chakraborthy, **"Attlee cevabında, Netaji'nin askeri faaliyetlerinin bir sonucu olarak Hint ordusu ve Donanma personeli arasında İngiliz tacına olan sadakatin erozyona uğraması olmak üzere çeşitli nedenlerden bahsetti"** *diyor. Hepsi bu değil. Chakraborthy şunları ekliyor:* **"Tartışmamızın sonuna doğru Attlee'ye Gandhi'nin İngilizlerin Hindistan'dan ayrılma kararı üzerindeki etkisinin ne ölçüde olduğunu sordum. Bu soruyu duyan Attlee'nin dudakları alaycı bir gülümsemeyle büküldü ve yavaşça m-i-n-i-m-a-l kelimesini çiğnedi!"** *dedi.*

Gandhi, kitlelerin ahlaki açıdan üstün koruyucusu olmak istemesine rağmen, herhangi bir insan gibi çelişkili ve kusurlu bir adamdı. Ona naif denebilir, girişkenlikten yoksun olan ve hatta daha önceki yaşamında sorgulanabilecek ırkçı tutum dışında kendi kitabında itiraf ettiği sözde ahlaksızlıkları bile. Ancak eleştirilere rağmen, ona **"Ulusun Babası"** onursal unvanını veren Netaji'ydi ve Bilgi *Edinme Hakkı* tarafından tanınmayan bir yanıt verdi. Gandhi tarafından uyarılan aynı adam, ona Tagore'dan ayrı olarak **"Mahatma"** adını verdi. Onun ne olduğu, bir eleştirmen ya da hiç kimse olarak farklı bir şekilde sorgulanabilir ve yanıtlanabilirdi, bu ikonik et ve kan parçası, **Einstein'ın** " *Gelecek nesiller, böyle bir kişinin ete kemiğe bürünmüş bir kişinin bu dünyada yürüdüğüne pek inanmayacak. (Mahatma Gandhi hakkında söylendi)"*

www.ingramcontent.com/pod-product-compliance
Lightning Source LLC
LaVergne TN
LVHW041543070526
838199LV00046B/1806